백년 묵은 항아리

백년 묵은 항아리

1판 1쇄 발행 ｜ 2019년 8월 5일

지은이 ｜ 채영순
발행인 ｜ 이선우
펴낸곳 ｜ 도서출판 선우미디어

등록 ｜ 1997. 8. 7 제305-2014-000020
02643 서울시 동대문구 장한로12길 40, 101동 203호
☎ 2272-3351, 3352 팩스: 2272-5540
sunwoome@hanmail.net
Printed in Korea ⓒ 2019. 채영순

값 13,000원

※ 이 도서의 국립중앙도서관 출판예정도서목록(CIP)은 서지정보유통지원시스템
홈페이지(http://seoji.nl.go.kr)와
국가자료공동목록시스템(http://www.nl.go.kr/kolisnet)에서 이용하실 수
있습니다.(CIP제어번호: CIP2019029056)

ISBN 89-5658-618-2 03810

백년 묵은 항아리

채영순 시와 산문

선우미디어

사랑할 뿐

남두희 | 남편

영수와 영자가
몸을 불사를 듯 사랑한다더니
원수가 되어 돌아서는 것을 보고

나는 사랑한다는 고백을
믿지 않습니다
그래서 나는 사랑한다는 고백을
못합니다.

때 묻은 사랑을
깨끗이 씻어
바치려 합니다.

그저 사랑할 뿐입니다.

책을 내면서

햇닭은 첫 달걀을 볼품도 없이 꿩알처럼 작고 산통을 겪었는지 피까지 묻은 것을 낳아놓고 '꼬꼬댁 꼬꼬댁' 꽤 시끄럽다. 수탉까지 합세하여 대단한 일을 해낸 것처럼 온 울안이 떠들썩하다.

오늘 낙서뭉치를 책이라 엮으면서, 햇닭처럼 글 같지도 않은 몇 편을 가지고 너무 떠들어대는 것 같아 민망하다. 글을 정리하면서 우리 속담에 '빈 수레가 요란하다.'는 말을 수없이 생각했다.

알맹이도 없는 쭉정이 같은 것을 열매라고, 내 생활 지저분한 곳을 들춰내어 보이고 행여 남편의 인격에 흠집 내는 일이 될까 염려스럽다.

정춘근 선생님의 가르침에 용기를 내어 봤다.

'글은 쉽게 대화하듯, 한 문장에 같은 단어 쓰지 않기.'라고 늘 강조하신 '글쓰기의 기초'를 배우면서도 나는 어떻게 글을 써야 쉽게 쓰는 것인지도 모르고 있다.

내 속에 뭉쳐있는 응어리들을 실타래처럼 속 시원하게 풀고 싶었는데 너무 엉켜 풀어내지 못하여 아쉬움이 남는다.

　같이 공부한 글동무들이 보잘 것 없는 글에도 언제나 박수쳐 용기를 주어 감사했고, 50년이 넘도록 함께 살며 때로는 짜증내고 고약하게 굴어도 늘 다독거려 나를 포근하게 감싸준 서방님, 글 쓴답시고 시력도 좋지 않은데 전담기사 노릇까지 고맙고 죄송하다.

　짜임새 없는 문장들을 교정해 주셔서 책이 되게 하신 정 선생님께 깊은 감사를 드립니다. 좋은 글 많이 소개해 주셔서 정말 잘 배웠습니다. 앞으로 얼마나 더 글을 쓰게 될지는 알 수 없으나 선생님의 진솔함이 담긴 글속에서 세상을 넉넉하게 보는 안목을 키우고 싶습니다.

　도와주신 출판사께도 감사드립니다.

2019. 7.
채영순

7

| 차례 |

축시 | 남두희 · 사랑할 뿐 ·· 5

책을 내면서 ·· 6

해설 | 정춘근

　　백년 묵은 항아리에 담긴 삶의 노래를 듣는다 ·· 179

1부 **밀화부리** [시]

영원히 꺼지지 않는 빛으로 ································· 14

경력은 주걱 든 여자 ····································· 16

그리움 – 미국 간 현주를 그리며 ··················· 18

밀화부리(1) ·· 20

밀화부리(2) ·· 22

밀화부리(3) ·· 24

금 간 안경 ·· 26

노동 당사 ·· 28

어버이날 ··· 31

낚시 ……………………………………………………… 32

우리 동네 ……………………………………………… 34

핵의 위협 ……………………………………………… 36

시골 풍경 ……………………………………………… 40

2부 산책길에서 [시]

고니- 풀라노 호숫가에서(1) …………………………… 42

새들의 천국- 풀라노 호숫가에서(2) …………………… 44

산책길에서(1)- 도토리 ………………………………… 46

산책길에서(2)-가마우지 ……………………………… 48

산책길에서(3)- 무지개다리 …………………………… 50

산책길에서(4)- 청설모 ………………………………… 52

백년 묵은 항아리 ……………………………………… 54

까치 4제 ………………………………………………… 56

딸의 박사 학위식 ……………………………………… 60

비무장지대 철원평야 ………………………………… 62

동화 속 나라에서 – 아이들을 키우며 ……………… 65

숲속의 오페라 ………………………………………… 68

통일의 길목 …………………………………………… 71

신정 구정 ……………………………………………… 74

3부 우리 집은 꽃동산 [산문]

우리 집은 꽃동산 ································· 78

잣대질 하는 농부 ······························· 81

쑥개떡 ··· 86

앞 도랑에 미꾸라지 ···························· 89

아물지 않은 상처 ······························· 92

고시레 ··· 96

뼈다귀 곰국 ······································· 99

우울증 특효약 ··································· 102

남편의 옆자리 ··································· 106

철원 유적지 관광을 다녀와서 ········· 110

두더지 같은 삶 ································· 114

집 생일 ··· 116

뺑소니차 ··· 119

보고 싶었던 엄마 ····························· 122

4부 **미세먼지** [산문]

생명줄 ·· 126

감기 ·· 131

길상사를 다녀와서 ···································· 133

남편의 신앙 ·· 137

내가 사는 이유 ·· 141

눈 ·· 143

느티나무 그늘아래 ···································· 146

도둑 잡는 선생님 ····································· 150

제2의 도둑 이야기 ···································· 152

머리 없는 정신 ·· 154

미세먼지 ··· 157

봄나들이 ··· 160

얇아진 귀 ·· 164

제일 먹고 싶었던 떡 ································· 167

청정지역 파리 모기 ··································· 170

통일 바람을 타고 ····································· 173

경춘공원 ··· 176

밀화부리

영원히 꺼지지 않는 빛으로

꺼져가는 호롱불
기름 채워 심지 돋우고
밤새워 치마저고리
곱게곱게 지어 입히시던
어머님 손길
그 딸년
온갖 정성으로 키우셨는데
이제 폭삭 사그라들은
백발 할미 되었구나

무릎에 새 심지 끼워 넣고
온갖 좋다는 기름으로 채워 넣어도
바람 앞에 등불처럼 여전히 흔들흔들

나의 인생 등잔에
서리서리 서려 넣었던 심지

이젠 다 타버리고
얼마 남지 않았구나
새 기름 재우고
호롱꼭지 그을음
긁어내 봐도
여전히 냄새 나는 탁한 불빛
가물가물

아 하나님이시여
이제 나의 영혼의 등잔에
태워도 닳아 없어지지 않는 심지
마르지 않는 기름으로 채워 주소서

이후에 먼 길 떠나는 날
당신께서 마련하신
영원한 빛을 향해 갈 때에
더 이상
어두워
더듬적거리며 헤매지 않게
도와주소서!

경력은 주걱 든 여자

- 백년 된 항아리를 들어 올리면서

출판사에서 내 경력난에 쓸 자료를 요구한다
아무리 뒤져봐도 밥주걱을 쥐고 산 것밖에는
다른 일이 없다
부모님 슬하에서
주걱자루 바르게 쥐는 법 배워 가지고
결혼하고 남편 밥 뒷바라지
자식 낳아 기르면서도 여전히 주걱질

우리 집 주방엔
몇 십 년을 쓰고 있는 주걱이 있다
내 손때가 덕지덕지 묻은 것
남편이
어느 수학여행 길에 사다준 대나무로 만든 선물

너무 오래되어 새것으로 바꿔 봐도
그것만 못해

지금은 달챙이가 되어 반 토막만 남아있어도
쥐고 쓰기엔 가장 편하다

아직도
그것으로 남편, 미국에서 딸네 식구들이 와도
아들 며느리 손주들까지도
아무리 귀한 손님 접대도
그것으로 밥을 푼다

"경력이요 밥주걱질 외엔 없으니
아무 것도 없다 하시오"
"그러지요"

밥순이라고 쓸 걸 그랬나?
이보다 더 긴 화려한 경력 있는 사람 있으면 나와 보라고…
선견지명이 있는 남편은
평생 밥순이 시키려고
주걱을 선물이라고 사왔나 보다.

그리움

- 미국 간 현주를 그리며

하늘을 쳐다봐도
흰 구름만 보아도
떠가는 비행기를 보면
어리는 네 모습
언젠가는 저 비행기 타고
내 딸이 오겠지

어제런듯
밤늦은 울 밖
또닥또닥 지나는 구둣소리
문 밖에서 멈추나
이제야 오나 귀 기울여 본다

허다한 시간 속에서
늦은 귀가 시간의
네 발자국 소리

귀에 익은 그 발자국 소리
긴 머리 뒷모습 아가씨들 속에서
몇 번이나 너인 듯 착각을 했다

이제는 아련히
기다림의 세월 속에
착각도 환상도 엷어져 간다.

밀화부리(1)
- 우편함 부화장

"새가 부화중이니
죄송하지만 우편물을 현관 앞에 있는
바구니에 넣어 주시기 바랍니다."

우리 집 계단 앞 우편함에
밀화부리란 녀석이 주인 허락도 없이
둥지를 틀어 놓았다

보송보송 솜이불 속에
동글동글 예쁜 알을 낳고
대담하게 부화장까지 마련해 놓았다

언제부터 짓기 시작했는지
어느 날 우편물을 꺼내면서
우연히 보게 되었다

아직은 보이지 않지만
어미가 물어다 주는 먹이
째째짹 짹짹짹
그 예쁜 주둥이 벌리고
받아먹을 귀여운 모습이
눈에 선하다

이 녀석들
이곳이
가장 안전한 집터라고
자리를 잡은 모양인데
우리의 발길이 잦은 문턱
이 녀석들 놀랄까 봐
발걸음도 조심조심

고지서, 안내문이
날아들던 우편함이
새 생명의 산실이 되었네.

밀화부리 (2)

- 보송이 4형제

우편함 속 보송이들이 부화가 되었는지 궁금하여
어미가 없는 사이에 살짝 들여다보았다
좁은 둥지 안에 곰실곰실 보드라운 솜이불 속에
폭 싸여있다 아직은 눈도 안 뜬 상태다
너무 귀엽다

불도화 나뭇잎에 벌레가 너무 많아
살충제를 치는데 어디서 날아들었는지
어미 새가 주위를 맴돌며
날개를 심하게 푸드득거리고
내 머리라도 금방 쪼아댈 것처럼
행동이 날카로워 보인다

'알았다 알았어. 미안해.'
약을 치려다 작업을 중단했다

약 묻은 벌레들을 혹시 어미가 물어다
새끼에게 줄까 봐 걱정이 되어
다음날 둥지 안을 들여다보았다
아직 눈도 뜨지 않은 새끼들이 너무 조용하다
우편함을 건드려 보았다
어미가 온 줄 아는 모양이다
노란 주둥이를
쫙 벌리고 먹을 것을 달란다
독한 냄새 피워 '미안'

많이 먹고 잘 자고 빨리 커서
높은 하늘을 날아보렴
세상은 온통 네 것 같을 것이다

그래도 여기 네 고향은 잊지 말고
가끔은
우리 집 뜰 앞 나뭇가지에라도 깃들여다오.

밀화부리 (3)

우편함 둥지 속이 조용해 들여다보니
새끼들이 한 마리도 없다
며칠 전만 해도 눈도 안 뜬 녀석들이
벌써 날아갔을 것 같지는 않고
너무 더워 이사를 한 모양인가

오가며 빈 둥지에 자주 눈길이 간다
녀석들이 행여 오지 않을까
살펴보아도 그림자도 안 보인다

오늘 아침에 텃밭에 나갔더니
머리 위에서
'찌지직 찌지직'
밀화부리 가족인 듯
전깃줄에 나란히 앉아
꽤 시끄럽다

"어디 갔다 왔니?"
아직은 꼬리도 짧고
여물지 않은 새끼 소리가 너무 귀엽다

"무슨 얘기들이 그리 재미있니?"
할머니는 귀가 어두워 무슨 말인지
한마디도 못 알아듣겠구나

"좁고 더운 곳에서 힘들었지?
얼마나 시원하냐. 잘 큰 모습 보여줘서 고맙다."
'찌지지직'
어미 따라 어디론가 날아간다

"자주 놀러 오너라."
혹시나 찾아올까 기다렸던
빈 둥지를
오늘에야 마음 놓고 청소를 했다.

금 간 안경

1
응어리진 마디 속에서 토해낸 글은
마음이 씁쓸하나 연민이 가고
아름다운 사랑으로 펴낸 글
꿀같이 달짝지근하여 마음이 평온해진다

평범한 생각으로 쓴 글도
때로는 어깨 힘이 쑥 빠져
맥이 풀릴 때가 있다

모처럼 남편이 시를 썼다고 읽어주는데
어딘가 내 가슴 한구석이
내려앉는다

눈도 안 좋은 사람 눈 대신 찔리어준 안경
고마워 금이 간 안경을 쓰고 다닌다고

팔십 고령 운전, 가슴이 철렁철렁
밝은 안경 쓰고도 우왕좌왕
아무리 고맙기로 생명보다 더하랴

조수석 그 자리 너무 무서워
인간 내비게이션 이젠 나도 졸업하고 싶다
고마운 안경 두고두고 가보로 보관할 테니
이젠 그 안경 바꾸어 봅시다.

노동 당사

1
따다닥 따다닥
귓가에 총성이 들리는 듯
지붕은 날아가고
앙상하니 골조만 남은 당사
총탄의 수많은 흔적들이
당시의 상황을 보는 듯하다

공산치하 시절 철원군민들의
모든 생존권을 거머쥐었던
서슬 퍼런 권력도
모두 총탄 앞에 무너져
세월 속에 묻혀 버리고
이제는
전쟁의 상흔만이
옛 이야기로 들려주네

2

당사 앞 높다란 시계탑
6시와 12시
남북을 알리며
반세기 훌쩍 넘은
분단이 확정된 시각부터
흩어진 시간들을
눈이 오나 비가 오나
일초의 오차도 없이
천문학적 숫자로
계산되고 있다

무심코 시계탑 앞에 섰다가
기겁을 했다
재깍재깍
내 심장박동 소리가
시계탑에 입력되어 들린다
내 남은 생존의 시간들이
너무나 빨리
빠져나가는 것 같아
기분이 묘하다

시계탑에서
은은히 들려오는 소리

나는 덧셈만 할 수 있지 뺄셈은 못합니다
이 민족이 하나 되는 그 시각까지
더하기만 하라 했으니까요

어버이날

시끌벅적
선물꾸러미 없어도
자식들 거기 있는 자리에서
건강하게 별 탈 없이 살고 있으니
받은 큰 선물이고
나 그들에게 줄 큰 돈 없어도
아직 손발 움직임이 자유로우니
자식들에게
줄 수 있는 평안의 선물

자식들은 나의 버팀목
나는 그들의 마음의 안식처
받은 선물 크고
주는 선물 평안하니
이보다 더 큰 선물 어디 있을까.

낚시

쉬리공원 강가에 낚싯대를 걸쳐 놓고
난생 처음 피라미를 낚아봤다
낚시꾼 동생들에게 등 떠밀려
강바람을 쐬는 호강을 했다

흘러가는 강물 위에
복잡한 마음들을 던져버리고
솟아오르는 찌를 보는데
"누나 낚싯대를 올려!"
줄줄이 손가락만 한 고기들이 세 마리나 떠올라
낚싯줄에 매달려 있다

신기하다
낚시광들이 이 재미에
밤새는 줄 모르고 열을 올리나보다

고기 코 입에서 낚시바늘을 빼낸다
피가 흐르고 사력을 다해 튀어 오른다
너무 잔인한 것 같아서 볼 수가 없다
맛있다며 던진 미끼
웬 것이냐 덥석 물고 보니
목숨노린 사기꾼놀음에 속고
고기들이 얼마나 자신들의 어리석음에 억울할까

동생들에게
"고기를 낚는 것은 잡는 재미냐 매운탕 맛이냐."
"아! 그거야 낚아채는 기쁨이지요."

생활의 틀을 벗어나
마음을 다시 정리한다는 낚시철학
할 말을 잃고
무심히 흘러가는 강물을 바라보며
나도 너희들처럼 어리석어
팔십 평생을 수도 없이
억울한 일을 당하고 살았단다
미안하다.

우리 동네

- 여름

앞산 봉우리 하늘에 닿고
맑고 푸른 하늘가에 흰 구름 두둥실
어머님이 틀어놓은 목화솜처럼
뭉게뭉게 피어오른 뭉게구름
푸르고 푸른 들녘 가을을 약속하고

실개천 흐르는 물아
네 고향은 어디니?

깊은 산속 골짜기 손에 손잡고
피라미 다슬기 쉬리집도 들러
굽이굽이 흘러가는 한탄강이래

앞산 봉우리 하늘에 닿고
갑자기 먹구름이 하늘을 덮네
번갯불 번쩍번쩍

천지가 흔들리는 천둥소리에
참새도 놀라 쥐 죽은 듯 조용한데
시원히게 쏟아신 소낙비 한 줄금
옥수수 개꼬리 한 뼘 올라오고
구중궁궐 깊숙이 감춰둔 몸은
알알이 구수한 맛 풍요를 약속했네

핵의 위협

1

초등학교 시절 운동장 끝에 아이들을 홀린 장사꾼
일전짜리 동전 한 닢만 주면
신기한 구경거리를 보여주었다
요즘 돌아가는 세상이 꼭 그 요지경 속 같다

어느 날 갑자기 올림픽 잔치에 끼어들어 요란을 떨더니
협상카드를 들이밀고 악수를 청했다
성급한 성질만큼이나 속전속결
종전, 비핵화, 남북, 북미 정상들의 만남
세계의 이목을 집중시킨 거대한 물결
소용돌이 속에 휩쓸려
정신이 없는 우리나라

바쁠수록 돌아가라 했는데
너무 서두르는 것 같아 조심스럽다

나 같은 늙은이 머리로는 헷갈려 판단이 안 된다.

우리 동네가 요즘 소용해졌다
대포소리 잦아들고
사흘이 멀게 덜덜거리던
탱크 행렬도 뜸해졌다
잠겼던 문이 느슨해지고
하늘, 땅, 바닷길이 열린다고 한다

참으로 좋은 세상이 오는 것 같은데
철통같던 약속도 잠시뿐 상황에 따라
수없이 변했던 과거
이번에는 좀 달라 보여 설마 하면서도
믿으려 했건만
세계를 위협할 수 있는 무기를 지니고
당겼다 늦췄다
미국의 협상카드도 강도 운운으로 바뀌며
슬슬 딴전을 피우고 있다.

2
1986년 소련 체르노빌 원전사고

2011년 일본 후쿠시마 원전사고
그때 수많은 사람들이 희생되었고
조금이라도 방사능에 피폭되었던 사람들은
그 후에 무서운 질병들로 죽어갔다
그뿐만이 아니다
유출된 물질들 많은 양이 땅과 바다로 유입되어
동식물의 생태계를 교란시키어
이것들이 우리 몸 속에 들어와
또 유전인자가 돌연변이를 일으키고
발암 불임 기형아들, 이상 증후군들이
너무 많이 생기고 있다는
한 생물학자의 이야기를 들었다

일본과 우리나라 사람들이 선호하는
미역, 다시마 산후 조리용으로 많이 애용되는 미역국
그 무렵 태어난 세대에게서 통계상으로
혹이 많이 생기며 암환자가 많이 발생한단다
최근엔 불임환자가 주위에 너무 많아
심각한 인구 문제까지 거론되고 있다

이렇게 무서운 무기를 만들기 위해

죄 없는 서민들을 허기지게 하고
두더지처럼 땅속에 많은 양을 숨겨놓고
세상 사람들의 생명을 저울질하다니

어찌 그리 위험천만한 행동으로
요지경 같은 세상을 만들고 있을까.

시골 풍경

장마철 구지레한 날씨에
헛간에서 노래기란 벌레가 줄 지어 나온다
지독한 냄새와 생김새가
두드러기라도 돋을 것 같아
발걸음조차 옮기기 싫다
허름한 헌집은 이들의 안식처
작은 벌레 한 마리 보기도 힘든데
벌레 노이로제에 걸리겠다
이웃집 이장님께 사정을 했다
특급처방을 가르쳐 준다
'노낙각씨 천리가라'
붓글씨로 써서 벽에 거꾸로 붙이면
그날로 벌레가 없어진다고
왜 거꾸로 붙여 놓을까?
아직도 이해가 안 된다

처음 이곳에 헌집을 빌려 드나들 때

산책길에서

고니
- 풀라노 호숫가에서 (1)

덩치가 큼지막한 고니
희디흰 깃털 우아한 몸매
그 귀티가 마치 귀부인을 보는 듯하구나
뒤뚱뒤뚱 풀만 뜯고 있다
그런데 너는 늘 왜 혼자 있니
네 짝은 어디 갔기에
외로워 보인다

던져준
비스킷 몇 조각 받아먹더니
오늘은 온종일
네가 안 보여 신경이 쓰인다

너무 짜디짠 맛에
몸이라도 상한 것 아니냐
종일 호숫가에 눈길이 간다

사흘 동인 소식이 없던 녀서
나타나 반갑다
어디 갔다 왔어?
알아들었는지 못 알아들었는지
계속 풀만 뜯고 있다
한국말이라 못 알아듣겠니?

새들의 천국
- 풀라노 호숫가에서 (2)

호수 위에 동동
청둥오리 떼
물보라를 일으키며
자맥질에 바쁘고
야생 칠면조, 가마우지, 해오라기, 거위…
온갖 새들이
푸드득거리며 날아든다

한국에서는
이맘때면 철새들이 몰고 온
AI바이러스 때문에 골머리를 앓는다
울안에 갇혀 사는
닭과 오리까지 떼죽음을 당하며
큰 수난을 겪는다
살처분까지 되어
씨가 마를 지경이다

유유히 흐르는
맑은 물에서 노니는 너희들
참으로
복 받은 새들이다.

산책길에서 (1)

- 도토리

호숫가
구불구불 이어진 산책길
한겨울인데
아직도 잎이 푸른 나무에
도토리가 다닥다닥
바람이 스치고 지날 때마다
후드득 후드득
질펀하게 깔리어
발바닥이 간지럽다

금년 들어 강원도에
도토리 흉년이 들었다
야생 동물들이 먹이 찾아
민가까지 내려와
옥수수밭, 고구마밭을 짓이겨
쑥대밭을 만들어 놓았다

농부들의 피땀이
허탈함으로 주저앉고
포수까지 동원되어 쫓아내고 있다는데
이곳은
도토리가 지천으로 길가에
수북하게 쌓여 짓밟혀 아깝다

소담스런 도토리
한 줌 주워 봤다
요즈음 건강식품으로 대접 받는
도토리묵
쫄깃하고 구수한
강원도 도토리묵이 생각난다.

산책길에서 (2)
- 가마우지

호숫가 언덕에
나란히 앉아있는 가마우지 가족
모두 머리를
하늘로 향하고 있다

별난 새도 있구나
어느 녀석은
날개를 쫙 펴고 폼을 재고 있다
옷을 알리는 중이냐?

낚시꾼들이
너희들을 제일 싫어한다는데
날개 달린 녀석들이
그렇게 물속을 헤엄쳐 다니며
사냥을 하니
누군들 좋아하겠니

남미 어느 나라에서는
너희 같은 녀석들에게
목에 끈을 매어
물고기를 못 삼키게 한다는구나

신천옹(信天翁)이라는 새는
하늘이 주시는 먹이만 먹는다고
튀어오르는 고기만 먹고 산다는데
그래서 이름도 신천옹
귀하신 몸으로 대접받는다고 한단다
너는 왜 하늘을 바라보면서
그렇게 물속을 헤집고 다니며
고기 씨를 말리냔 말이다

애들아 조심해라
행여 네 목에도
끈이 매여질까 염려가 된다
고개라도 숙이던지
고개를 바짝 쳐들고 있으면
하나님이 용서하실 것 같으냐?
욕심이 지나친 것 같구나.

산책길에서 (3)

- 무지개다리

저 멀리 호수 분수대
물길이 솟구쳐 오른다
빗긴 햇살 사이로
옅은 무지개가
떴다 지고 떴다 지고
지나던 발길이
저절로 멈추어진다

'저 무지개 타고는
선녀들이 못 오겠지'

어린 시절 고향
소나기 퍼붓고 지나간
하늘가에 피어오른 무지개
저만큼 들녘에서 산 중턱으로
하늘까지 이어진 무지개다리

선녀들이 목욕물 길으러
저 무지개다리 나고
옹달샘으로 온다는 속설 때문에
조무래기들이 조잘조잘
옹달샘으로 달려갔었지

무지개는 저만큼 사라지고
선녀들은 온데간데없다
선녀들을 보지 못한 아쉬움
허탈한 발걸음 터덜터덜

"선녀는 사람 눈에
안 보이나 봐 그지?"

조잘조잘
하늘가 조금 남은
무지개만 바라본다.

산책길에서 (4)

- 청설모

푸른 잔디가 융단같이 깔린
넓은 공원
천혜의 넓은 땅
아름드리나무들이 즐비하다
휘휘 늘어진 나뭇가지 사이로
청설모 떼들이 오르락내리락
줄달음친다.

미국은
참으로 동물의 천국
윤기가 자르르 흐르는 몸매
그 꼬리가 소담지기도 하다
입 속엔
무엇을 그리 가득 물고 있기에
볼따귀가 터질 것 같구나

드넓은 공원은
이 녀석들의 활동무대
우르르 몰려다니며
신바람이 났다
쪼르르 나무에 올라
귀를 쫑긋하고
나를 내려다본다

어쩜 눈이 그리도 초롱초롱 하냐
질질 끌리는 다리지만
너희들을 보는 재미에
나도 신바람이 나 생기가 돈다
나도 너희처럼
이 넓은 공원을 달리고 싶구나.

백년 묵은 항아리

우리 집 장독대에 터줏대감처럼
떡 버티고 있는 큼지막한 항아리
친정집에 대를 이어가며 간장을 담았던 보물 같은 것
할머니 어머니 손맛이 짙게 담겨 있는 정이 서린 항아리
장독간에서 아마 백년 가까이
우리 집 대소사를 함께 했을 것이다.

친정어머니 돌아가시고 헛간 구석에 버려져 있어 마음에 걸려, 우리가 이곳으로 이사 오며 옮겨다 놓았다. 특별히 쓸모가 있어서가 아니라 그냥 어머니 쓰시던 것이라 갖고 싶었다.

장독대에 갈 때마다 눈길이 간다.
때로는 어머니의 웃음, 손맛, 정겨운 음성 '장맛이 좋아야 집안에 우환이 없다.'고 장 담그는 일에 정성을 드렸던 모습을 보는 듯하다.
쌀 두 가마니는 들어갈만 한 큰항아리에 해마다 가득 장을

담갔다. 음력 정월 닷새, 엿새, 말날, 날 가려가며 장을 담가야 맛이 달고 변하지 않는다고… 장 담는 날은 어머니는 머리까지 감으시고 장독대 앞 소반 위에 메주 한 덩어리 소금물 한 사발 담아 놓고 본격적으로 일을 시작했다.

소금물 풀어 가라앉히고 곶감처럼 가무스름하게 잘 뜬 메주를 넣고 참숯, 마른 고추, 대추 띄우고 잡것이 범치 못하게 항아리에 금줄까지 둘러치며 정성을 드렸던 우리 집 간장 된장, 그 맛이 깊고 정갈하여 모든 음식이 간만 쳐도 맛있었다.

요즘 세상은 장 문화가 발달하여 요리에 따라 원하는 맛을 얼마든지 낼 수 있지만 나는 뒷맛이 니글거려 좋아하지 않는다. 아직도 어머니 손맛에 길들여진 나는 이른 봄에 가끔 장을 담는다.

미역국을 끓일 때도 집 간장을 넣어야 개운하고 된장찌개, 우거지 국도 집 된장으로 끓여야 구수하니 제 맛이 난다.

이제 백 살이 넘은 항아리를 시집보낼 때가 되었다.
내가 지니기엔 너무 벅차다. 내 기력이 더 쇠하기 전에 가평 여동생 별장으로 옮겨야 될 것 같다.

까치 4제

까치 1

설날 아침
사랑채 용마루에
까치가 꽤 시끄럽게 짖어댄다
웬 소란이냐
훠이! 훠이! 아이 시끄러워
떡국 냄새 맡고 왔나 봐요

아니다
옛날부터 까치는 길조라 했다
올해는 틀림없이
좋은 일이 있을 것 같다
금년엔 손녀 딸년이
시집이라도 가려나

까치 2

이른 아침
울안에 날아든 까치
깍 깍 깍 깍
막내 딸년이 오려나
연락도 없었건만
종일토록
성황당 고개만 바라보신다

행여나 보일 듯 보일 듯
해가 저물도록
기다리신 어머니
눈이 시리다

까치 3

어느 은행 마크
날아드는 까치 떼들

반가운 고객들이
몰려올 것이라는 기대는
은행이 크게 번창하여
이제 거대한
국민의 은행이 되었다

까치 4

농민들이
다 익어가는 사과 배
너희들 등살에 몸살을 앓는다
땅콩 밭까지 쑤셔대니
남아나는 게 없구나

우리 동네
과수댁 염소목장에
갓 태어난 새끼 눈까지 찍어대
할머니가 기가 막힌단다
드디어
까치 한 마리당 4000원이 지급되는 몸값은

우리 조카녀석 주머니가 두둑해진다는데

까치야
세상이 험하기로
길조라고 대우받던
너마저 왜 그러느냐
어찌하여 네 몸에서
피까지 보게 하느냐

딸의 박사 학위식

자연 그대로 휘늘어진 나무 그늘아래
비단같이 깔린 잔디
단상엔 하버드의 깃발이
드높이 휘날리네

여기
세계의 석학들이 모여
푸짐한 잔치를 벌였다네
흰둥이 검둥이 노랑이 형형색색의 피부 색깔
생김생김 모두 모두 밝고 환한 얼굴들
자연스런 분위기 정말 부럽다

네 딸, 내 아들, 내 남편, 네 아내
서로서로 부러워하며 축하해 주는 모습
동양의 작은 소녀 내 딸 현주도 한몫 하네

하버드 박사님 빨간 가운 팔에는
세 검은술 띠 박사님의 상징, 검은 우단 사각모
검고 긴 머리 위에 쓰고 보니 귀엽기도 하구나

현주야
수고했다 어린 몸 아무도 없는
이국땅 말도 음식도 설은 땅에 와서
이젠
네 고향같이 말도 사람들도 친숙해져
환한 네 모습이 고맙구나

사랑하는 나의 딸아
장하다 나의 딸아
해냈어 하버드 박사님
더욱 더 전진하여
하나님께서 보내 주신
그 뜻을 이루기를
기도한다.

비무장지대 철원평야

차마
바라만 볼 수가 없었기에
지뢰밭 겁도 없이
내디딘 발걸음

오직
농사를 짓겠다는 일념 하나로
목숨 걸고 들어가
삽과 괭이 들고 파 뒤집었지

아!
목숨과 팔 다리로
바꾸었던 이 땅
끝내 옥토를 이루었구나

관청도, 시끌벅적한 시장판도

똘이네 집, 순이네 집도
모두 푸른 들판
끝없이 펼쳐진 지평선엔
침묵만 흐른다

땅속 검붉은 바윗덩어리
오대쌀의 숨겨진 비밀
그렇게
무쇳덩이 먹고 자란 쌀알이
사람들의 생명줄을
이어 놓았네.

휴전협정 후
이 땅이 얼마나 좋았으면
북한 사람들이 두고두고
후회하였겠나

후손들아 일어나라
긍지를 갖자
철원의 오대쌀은
쇳덩이 먹고 자란

힘 있는 쌀이다

우리의 조상들은
일찍이 이 비밀을 터득했기에
지뢰밭 바윗덩이 속에서도
희망을 가졌다

이제 통일의 여명도
서서히 밝아 오는데
우리 함께 만나는 그날
배고픈 이들에게
윤기 자르르 흐르는 쌀밥
고봉떼기로 담아 배불리 먹게 하고
푸짐하게 떡도 빚어
풍악 울려
잔치 한번
크게 벌여 보자.

동화 속 나라에서
- 아이들을 키우며

제1화, 큰딸 이야기(1)

딸아이 다섯 살 되던 해에
시아버님 돌아가셔서 삼우제 날
온 식구가 성묘를 갔다
할아버지 산소라고 하니
궁금증이 연발한 듯

"엄마, 근데 왜 할아버지 땅에다 심었어?"
"언제 나와?"

기가 찬 질문이다.
삶과 죽음이 무엇인지 모르는
아름다운 동화 속의 세계

제2화 큰딸 이야기(2)

큰 다라이에 물을 데워 가득 붓고
어린 아이부터 차례로 목욕시키고 나서
큰아이 씻기어

"이불 속에 내복을 묻어 놓았으니 입어라"
"엄마복?"

내복이란 말을 엄마복으로 해석한 모양이다

제3화 큰아들 이야기

화단에 쌓인 눈을 굴리며 눈사람 만들어 놓고
손 시려 발 시려 동동 구르며 울상이다
언 손 가슴속에 품어 녹여 주니

"엄마는 엄마는 아랫목인감, 따뜻하게."

아무렇지도 않은 듯 밖으로 뛰쳐나간다.

제4화 막내아들 이야기

막내아들 초등학교 입학 전 어느 공휴일
온가족이 김밥 싸들고 정릉 쪽 북한산에 올랐다
산 중턱에 앉아 소풍을 즐기는데
궁금증이 발동한 막내아들 눈을 끔벅끔벅
하늘만 쳐다본다

"아빠 여기서는 하늘나라가 가깝겠지요?"
"그렇겠구나"

그 아빠에 그 아들

아이들 세계는 너무 아름답다
이들의 마음의 세계
이보다 더 아름다운 시가 어디 있을까?

숲속의 오페라

금수원 창 너머
단풍나무들 울타리 쳐놓고
억새풀 우거진 숲
무대장치 설치했네

긴 다리 고라니
껑충껑충 곤댓짓하며 춤추고
멋진 연미복 차림 장끼 녀석
꿩 꿩 꿩 꿩
목청껏 소리 높여
화답하누나

지나던 까치 떼
현란한 날갯짓
깍 깍 깍 깍
날아드는데

백로 한 마리 긴 목 빼고
어슬렁어슬렁

참새 떼
나뭇가지 사이로
째째잭 째째잭

원앙새 한 쌍이
사뿐히
연못 위에 내려와
둥 둥

작은 웅덩이
콘트라베이스 맹꽁이
꾸웅꽝 꾸웅꽝

청개구리
꽥꽥꽥꽥
장단 맞추네

근데

지휘자는 누구니
관객은 언제 와
초대했는데 왜 안 오지

아무도
보지 못하고 듣지 못하는
이 오페라
듣는 귀 따로 있고
보는 눈 따로 있네

창 너머 진풍경
홍보대사 오직 한 사람
작은 거인 아해

이제 임은 가고 없어도
세월 따라 철 따라
무대장치 바꿔가며 이어지리라

금수원 아해 생전 거실 창문에서

통일의 길목

마음 문빗장을 열어놓으니
하늘, 땅, 바닷길이
절로 트이네

하늘도 좋았던지
구름 걷힌 백두산 천지
맑기도 하구나

문 대통령
천지 맑은 물에
손 담가 병에 물 담는 모습이
너무나 좋다

천지 백록담 물도
담아 보니
같은 물일세

남북 정상이 활짝 핀 웃음이
이 나라 평화가 벌써 온 것 같아
온 겨레 입가에 웃음이
절로 나온다

이어지는 철길
서울에서 신의주
포항에서 청진
녹슨 철길 닦아내기
부산한 움직임

머지않아
온 겨레의 맺힌 한을
기적 소리에 날리고
바다가 하나 되어
연평도 조기 맛도 다시 보며
청진 앞바다 명태 잡아
맑은 국도 끓여
시원하게 속도 풀고

철책선 걷어내
지뢰를 캐냈나는데
오랜만에 마음 놓고
땅도 밟아보자

DMZ
생태계가 놀라지는 않을까
저들 멋대로 살다가 보호한다고
건드리는 일이 아니길 바라면서

우리도
오랫동안 움츠리고 살았던 몸
이제 기지개 한 번 크게 펴보자

내가 네 안에 네가 내 안에
하나 되는 날은 그 언제일까
통일의 길목에 서서

신정 구정

양력 새해 첫날은
나이를 먹지 않는다
아무리 떡국을 많이 먹어도
나이가 꼼짝을 않는다

음력 설날은
첫날부터 나이를 먹는다.
떡국 한 그릇 안 먹어도
저절로 나이가 든다

설날 아침에
따끈한 떡국
한 그릇 먹으면
손자놈 나이는 굵어지고
할미 나이는 가늘어진다

황금돼지 새해 벽두부터
금년 황금돼지띠라고
올해 태어나는 애기는
복이 있다고…
엄마 뱃속에 없는 애기도
복덩이란다.

우리 집은 꽃동산

우리 집은 꽃동산

이른 아침 현관문을 열고 발을 내디디면 앙증맞은 꽃잔디 꽃이 바닥에 깔려 나를 맞아준다. 향긋한 내음이 코를 적신다. 그 누가 순서를 정해 주었는지 앞 산 잔설이 채 녹기도 전에 상사화(일명 난초) 새싹이 제일 먼저 뾰족이 나와 새봄을 알린다. 울 밖 개나리 봉오리가 터지는 듯 싶더니 어느새 연분홍 진달래가 흐드러지게 피었다. 겨우내 웅크렸던 몸과 마음이 화사한 봄빛으로 생기가 돈다.

돌층계마다 자지러지듯 영산홍 꽃이 진홍빛으로 가득하다. 앞뜰 자락에 핀 하얀 철쭉꽃은 하도 청조하여 마음까지 숙연해진다. 장독대 언저리에 핀 소담한 목단 꽃이 간밤에 내린 비로 후줄근하다. 요즈음은 수국과 함박꽃이 장관을 이루고 있다. 사발만큼씩한 수국 꽃이 제 머리 무게에 힘이 겨워 고개를 숙이고 있다.

어디서인지 예쁜 밀화부리, 어치리는 새들이 날아와 주목나무 열매를 쪼아댄다. 오늘따라 뻐꾸기 소리가 유난히 크게 들린다. 어디 가까이 있는 모양이다. 어미인지 새끼인지 왜 그렇게도 구성지게 울어대느냐…. 나도 이 산속에 와 살면서 멀리 있는 자식들이 보고 싶어 눈물 날 때도 많단다. 그만 울어라 나도 울적해진다.

울 밖 아카시아 꽃이 만발하여 바람 타고 날리는 향기가 온 동네에 진동한다. 며칠 후엔 빨간 장미가 우리 집 입구 아치에 장관을 이룰 것이다.

우리 집엔 들고양들이 창고 밑에 새끼를 낳고 한 가족을 이루고 살고 있다. 생선가시를 몇 번 주었더니 나를 보면 '야옹' 어쩌다 생선도막을 좀 넉넉히 주면 더 시끄럽게 야옹댄다. "너 목말라 물줄까? 아니면 너무 많이 주어 배탈이 났니?"

남편 말, 더 달란 말이겠지.

해가 설핏하면 온 동네에 큰 오케스트라의 향연이 시작된다. 그 누가 작곡하고 지휘하기에 저리도 음절이 리드미컬하고 정교할까?

"개골개골 개골개골…."

밤을 새어 듣고 다음날 또 들어도 여전히 듣고 싶은 노래 '개구리합창단', 날마다 불러대도 목도 안 쉰다.

하늘엔 별빛이 흐르고 달빛아래 비쳐지는 수국은 흰옷 입은 천사 같구나.

잣대질 하는 농부

1. 도라지 농사

친구 따라 산나물에 반해서 들여놓은 발걸음이 이제 팔십 고개에 농사꾼이 다 되었다. 조그만 밭뙈기에 우리 부부는 봄이 시작되면서부터 매달려 산다. 묵은 풀 걷어내는 작업부터 삽과 괭이로 땅을 파 뒤집어 밭을 일군다.

이곳에 드나든 세월이 20여 년, 남편의 건강을 핑계 삼아 집을 사서 본격적으로 전원생활을 한 것도 6~7년이 되어간다. 농사라고 시작하면 우리는 작은 말다툼을 한다.

이랑 만들고 씨앗을 뿌릴 때마다 남편은 잣대질을 하지 않으면 일 시작을 못한다. 두둑도 줄띄워 네모반듯해야 되고 씨앗을 심을 때도 일정한 간격으로 금까지 그어 놓고 심어야 된다.

"여보 왜 그렇게 허구한 날 잣대질이요. 그것들이 줄이 삐뚤어지면 싹이 안 나와요? 자라지를 못해요?"

으레 밭에만 들어서면 잣대부터 들고 나서는 남편을 보면 숨이 막힐 듯 답답하여 한마디 한다.

남편 왈, "같은 값이면 일하기도 편하고 보기도 좋고."

"그게 어디 같은 값이람? 훨씬 일이 많고 더디지."

과거 수십 년 교직 생활의 숫자 개념은 손바닥만 한 밭에서도 적용을 해야 되는 사람. 그렇다고 싹이 더 잘나오고 잘되는 것도 아니다. 잣대질로 나란히 나란히 나온 농작물도 자라면서 이리 저리 뻗은 넝쿨들이 풀과 어우러져 둑인지 고랑인지 분간키 어렵다.

어느 해인가 윗동네 헌집을 빌려 드나들며 농사를 지었다. 집 앞 텃밭이 30여 평이나 되어 꽤 넓어보였다. 그해 몇 달 동안 미국 딸네 집에 가 있을 예정이라 비닐을 씌워 도라지를 심어 놓고 가기로 했다. 비닐을 필요한 만큼 사려 했으나 한 두루마리를 다 사야지 조금씩 팔지는 않는다고 하여 한 뭉치를 사가지고 왔다.

용도에 따라 구멍이 뚫려 있는 것도 모르고 사고 보니 난감했다. 하는 수 없이 마당에 펴놓고 자로 재가며 전기인두로

질서정연하게 한나절이 넘도록 구멍을 냈다. 가로 세로 반듯하게 만들어진 이랑에 비닐을 씌우고 구멍마다 등산용 지팡이로 있는 힘을 다해 뚫고 씨앗을 넣었다.

싹이 나오기도 전에 우린 미국 여행길에 올랐고 미국에서 수시로 도라지 안부를 친구에게 물었다.

"아직 안 보여. 웬 구멍을 그렇게 많이 뚫어서 그 위에 풀이 장난이 아니야."

한 달, 두 달이 지나도 같은 대답뿐….

6개월 후 한국에 돌아와 보니 한 길은 쌓인 눈 위에 묵은 명아주 대가 장대같이 들어섰다. 이듬해 도라지 싹이 나오길 기다려도 소식이 없다. 너무 깊이 뚫고 심으면 싹이 안 나온다는 것을 나중에야 알게 되었다. 도라지 씨를 한 되나 사다 심었는데 한 뿌리도 없다. 지나는 길가에 도라지꽃이 가득 피어있는 밭을 바라보며 이 밭주인은 참 실력이 대단하다며 감탄했다.

그런데 산에 있는 도라지는 어떻게 그 척박한 바위틈에서 싹이 트고 자라 꽃까지 필 수 있을까? 한 해 동안 도라지 공부하느라 노력과 연구비가 많이 들었다.

2. 더덕농사

우리는 그 당시에 이곳에서 살고 있는 것도 아니고 틈나는 대로 들락거리며 짓는 농사로는 이곳의 특수작물 같은 더덕이 좋겠다는 생각으로 시도를 했다. 여전히 남편은 시작부터 잣대질이다. 줄을 당겨 직각으로 반듯하게 밭이랑을 만들었다. 지나던 사람이 보다 못해 한마디 던진다.

"밭은 그렇게 반듯하면 못써요. 두루뭉술해야지."

나는 직각으로 만들어 놓은 이랑들을 깎아내려 둥글게 했다. 남편의 불평을 못 들은 척 이곳 사람들이 선생님 같아 그들의 말을 듣고 비닐을 씌워보니 훨씬 쉬웠다.

구멍을 내고 정성을 다해 씨앗을 뿌리고 흙은 얇게 덮어야 된다기에 그대로 했다. 흙을 덮다보니 비닐 위에 흙이 많이 쌓였다. 남편은 숟가락으로 덮인 흙을 구멍마다 넣고 털어냈다. 지나는 이웃집 아낙네가 또 참견을 한다.

"집에 아저씨는 숟가락으로 농사를 지어?"

지금 생각하면 참으로 진풍경이다. 며칠 후 세찬 바람이 불어 구멍마다 바람이 들어가 비닐은 다 뒤집히고 다시 씌우지도 못하고 다 걷어내야만 했다. 비닐 위에 흙을 살짝 덮는 것인 줄 몰랐다.

그 후 비닐 걷어낸 더덕밭 가꾸느라 내 손가락에 관절염이 생겼다.

사람들은 시골 가서 농사나 짓는다는 말을 쉽게 한다. 농사는 오랜 경험과 많은 지식, 세심한 보살핌이 있어야 된다는 것을 갈수록 느낀다.

"여보! 지나는 사람들의 말도 들어봐야지요."

거듭되는 실패에 지치고 화가 났다. 남편은 여전히 할 말이 있다.

"길가에 집 못 지어. 지나가는 사람들 제각각 한 마디씩 하는데 거기에 어떻게 맞추나."

결국은 채소 가꾸는 책을 샀다. 시시때때로 책을 보며 가꾸어 봐도 잣대 없이 농사짓는 이곳 사람들의 농작물에 비하면 어림도 없다.

어린이날 손자가 왔다. 마침 고추모를 심는 날이었다. 할아버지는 또 잣대를 주며 심는 법을 가르쳐 준다. 제법 잘 심는다. 요즘 뿌리가 내렸는지 꼿꼿하게 잘 서있다. 손자가 심은 고추 모에 자주 눈길이 간다.

(2015. 5.)

쑥개떡

길가, 개울가, 논둑, 밭둑… 우리나라 들판 어디를 가든 쑥이 지천이다. 아득한 설화 속에 곰과 호랑이가 마늘과 쑥을 먹고 살다가 호랑이는 못 참고 중도에 포기하고 후에 곰만 사람이 되었다는 건국 신화가 있을 정도로 쑥은 우리와 친숙하다.

민족의 구황식물로 배고팠던 시절 허기를 달래 주었던 쑥. 오늘날은 이른 봄 애탕쑥국에서부터 다양한 요리가 등장한다. 찜질로 여인들의 냉증을 다스리고 뜸으로 한방 치료를 하는 등 그 이용가치가 무궁무진하다.

어릴 때부터 봄철만 되면 어머니께서 만들어 주신 개떡을 먹으면서 자랐다. 아무렇게나 주물러 넓적하게 빚은 거무스름하고 볼품없는, 제대로 대접도 못 받은 떡이었지만 향긋한 쑥향 그 쫄깃함이 지금도 잊을 수가 없다.

지금은 떡 분화가 나양하게 발달했어도 건강식품을 찾는 사람들이 많아 쑥개떡도 제대로 대접받는 귀한 음식으로 변신하였다.

요즘은 주변에 흔해 빠진 것이 쑥인데도 길가 매연과 논밭 두둑의 제초제, 개울가 오염물질이 쌓여 쑥을 뜯을 만한 곳이 별로 없다. 우리는 매년 봄철이 되면 배낭을 메고 이곳 자등리 뒷산 중턱 옛날에 벌목하느라 쓰던 임산도로를 찾아가 그곳에서 연하고 깨끗한 쑥을 많이 뜯어온다.

쌀 한 말 정도를 쑥을 넣어 반죽하여 냉동실에 넣고 일 년 동안 필요할 때마다 꺼내어 쓴다. 우리 집에 오는 손님들에게 개떡, 또는 송편을 만들어 대접도 하고 한 덩어리씩 주기도 한다.

쑥을 많이 넣으면 쫄깃하고 향도 많아 맛이 더 좋다. 남편이 좀 과하게 들어도 크게 혈당에 문제가 생기지 않는다. 뱃속도 편하고 든든하여 우리 식탁에 자주 올라 끼니를 해결해 주기도 한다.

요즘 아이들은 우선 모양과, 이름조차 맘에 안 드는지 떡을 주면 싫어한다. 달콤한 맛에 길들여진 입맛은 쌉싸름한 맛을 거부하며 그 참맛을 모른다. 그런데 우리 손자들은 잘 먹는다. 할미가 어릴 때부터 해주어 먹은 덕인지 별 거부감이 없다.

사람에 따라 쑥의 독특한 섬유질 때문에 변비가 오기도 한다. 쑥 반죽에 생 땅콩 몇 알을 넣어 빚으면 배변 문제도 해결되고 고소함까지 더해 맛이 좋다. 나이 들어 갈수록 모든 음식에 지나치게 양념을 넣은 것보다는 순수한 원료에 가까운 요리가 입맛이 당긴다.

어느 교우 집에서 속회 예배가 끝나고 쑥개떡을 큰 접시에 수북하게 내놓았다. 얼른 한 개를 집어 덥석 베어 물었다. 설탕을 넣은 달짝지근한 맛에 입천장에 덜컥 붙기까지 하여 더 이상 구미가 당기지 않았다. 잘 만들어 보려는 솜씨가 본연의 맛을 흐려 놓았다.

어릴 때 즐겼던 입맛, 쌉싸름하고 쫄깃한 쑥개떡 맛은 된장찌개만큼이나 수십 년이 지나도 한결 같다. 그것은 어머니 손맛이기 때문이다.

앞 도랑에 미꾸라지

1.

폭우가 쏟아져 앞 냇가 물이 넘쳐흘러 구경하려고 나섰다.

여름 가뭄에 잡초만 우거졌던 개울, 거대한 물길에 쓰레기까지 싹 씻겨 나가니 속이 다 후련하다. 길바닥에 우렁이 새끼들이 논배미에서 떠내려 왔는지 까맣게 깔렸다.

밟지 않으려고 조심조심 걸어 언덕길에 오르니 미꾸라지 세 마리가 꼼지락 꼼지락, '웬 놈들이냐? 어떻게 여기까지 왔어?' 어릴 때 장마철, 요란하게 천둥치고 내린 소낙비 끝에 어디서 왔는지 우리 집 마당에 펄쩍펄쩍 뛰던 미꾸라지, 개구쟁이들이 우르르 몰려와 소리치며 난리였다. 소나기 타고 올라가다 떨어진 놈들이라고, 그러나 나는 징그럽게 생겨서 한 마리도 만져보지도 못했다.

'아직도 너희들은 잊지 않고 그 버릇이 남은 것이냐? 참 희한한 놈들, 튀어 올라 용이 되고 싶은 꿈이라도 꾸었니? 턱도 없는 소리 마라. 그것은 이무기나 하는 짓이다.'

조심스럽게 비닐 팩에 담아 우렁이도 친구하라고 담아 왔다. 대야에 물 가득 채워 넣어주니 좋다고 꼬리치고 다닌다. 풀잎도 넣어주며 좋은 환경 만들어 보지만 여기는 임시 처소다. 너를 어느 곳으로 보내줄까? 기왕 나왔으니 세상 구경 한번 해 볼래? 물고기 팔자, 물꼬 돌려놓기 나름이라는데 이제부터 넓은 세상에서 살아보아라.

개천에서 용 나고 미꾸라지 용 된다는 말도 있더라. 큰 물에서 놀다 보면 몸과 마음도 커지니 거기서 이무기가 되어 용꿈이라도 꾸어 보던지….

2.

비가 하도 많이 와 걱정이 된다며 여동생이 전화를 했다.

"무엇하세요?"

"지금 하늘에서 내려오신 미꾸라지 모셔놓고 감상 중이다."

"아니 무슨 귀신 씨나락 까먹는 소리유. 언니, 그놈들 우리 별장 연못에 키워볼까?"

"왜 몸 부풀려 추어탕 계획이라도 세우고 싶은 게냐?"

"아, 아니요."

서둘러 가평에 있는 동생 별장에 가는 도중에 올케가 또 안부전화다. 전후 얘기를 하니

"이다음에 추어탕 먹으러 가야 되겠네요."

미꾸라지가 못 들었으면 좋겠다.

동생네 연못에 미꾸라지와 우렁이를 함께 쏟아 부었다. 그런데 팔뚝만 한 비단잉어가 달려들어 우렁이를 모두 삼켜버리는 게 아닌가. 아니 이럴 수가, 갑작스런 기습작전에 놀랐다. 미꾸라지는 겁에 질렸는지 순식간에 돌 틈으로 숨었다.

동생은 우렁이를 통째로 삼킨 비단잉어 탈 날까봐 염려하고, 나는 이것들 때문에 마음이 아팠다.

연못가 돌 틈에 덕지덕지 붙어있을 우렁이, 보호 받으며 대대손손 미꾸라지 가족을 생각했는데 시행착오였다. 우렁이 미꾸라지에게 거짓말한 것 같아서 정말 미안했다. 오늘도 안부를 물어보았다.

제발 너만이라도 거기서 오래 살면서 이무기가 되어 어느 날 그 연못에서 발원하여 무지개가 뜨거든 용이 되어 하늘에 오르렴….

아물지 않은 상처

나에겐 반세기가 가깝도록 간직한 아픔이 있다. 어린 딸에게 주었던 상처가 아직도 싸매어 둔 채 남아 있다.

남편의 월급으로는 월셋방을 면하기가 쉽지 않을 때였다. 월세에서 전세로 전전긍긍하던 때 아이가 셋이라면 일언지하에 거절당하여 셋방 구하기가 참으로 어려웠다.

삼십대 후반에 나는 내 집 마련의 구상을 하며 첫 번째 도전이 하숙집 아줌마가 되는 계획이었다.

고려대학교 담벼락 밑에 전셋집을 구하여 하숙집 아줌마 생활이 시작되었다. 하숙생 여섯 사람 뒷바라지는 나에게 너무나 고된 일이었지만 우리 다섯 식구 생활비가 해결이 되고 남편 월급의 구십 프로정도는 저축할 수 있었다. 학생들이 주인이어서 좋은 것으로만 대접해야 되고 생선찌개도 꼬리와 머리만이 우리 식구 차지가 되었다. 그 후 우리 아이들은 오래도록 생신찌개를 싫어했다.

바쁘고 고된 생활로 아이들을 보살필 시간도, 여력도 없었다. 하숙생들에게 최선을 다해야 된다는 규범 같은 것이 나의 신조가 되어 있기 때문이다. 후에 내가 결론지은 생각은 돈 받고 밥해주는 일은 참으로 할 짓이 아니라는 것이다.

내 몸은 지쳐있고 틈틈이 초등학교 2학년생 딸의 숙제만 검토할 정도였다. 어느 날 내가 사준 일이 없는데 새로운 학용품이 눈에 띄었다. 친구가 주었다는데 아이들이 주고받은 선물치고는 커 보였다. 거듭되는 새로운 것들이 내 딸에게서 발견이 되었다. 그 당시 제기동 미도파백화점이 우리 아이 학교에서 가까운 거리에 있었다.

친구와 같이 백화점에 갔었다며 여전히 받은 선물이라고 한다. 우리 부부는 아이에 대하여 심상치 않은 사태가 생기고 있다는 예감에 행동 하나하나 살펴본 끝에 내 지갑에서 손을 댄 것을 알게 되었다.

나는 딸아이와 이제까지의 일은 용서할 테니 이후엔 다시 안 하겠다는 약속을 단단히 받아냈다. 그런데 아이는 그 다음날도 그 다음날도 계속해서 내 지갑에 손을 댔다.

'하아, 큰일 났구나.'

남편은 아이에게 처음으로 호된 매질한 다음 다짐을 받아냈다. 8살 된 딸은 며칠 뜸하더니 다시 시작했다. 일부러 지갑을 놔두어 봤다. 매질도 해보고 하소연도 해봤으나 여전하다. 아! 내가 멧 돗 잡으려다 집 돗 놓친다는 격이 되었구나. 아이에겐 어떤 방법도 통하지 않았다.

어느 날 방문을 잠그고 아이와 단 둘이 마주 앉았다. 나는 내 종아리를 피멍이 들도록 후려치면서 하나님께 기도했다.

"내 딸 현이는 착한 아이인데 엄마 잘못으로 거짓말을 하였습니다. 정말 현이는 착한 사람입니다. 이 어미는 벌을 받아 마땅한 사람입니다."

매질은 계속되었고 아이는 놀라서 다시는 안하겠다고 울면서 나에게 매달렸다. 나는 딸을 껴안고 같이 울었다. 그후 다시는 그런 일이 없었다. 하숙집 아줌마 생활도 삼년을 끝으로 접었다. 식구들의 뒷바라지만 하고 살았다.

현이가 고2 때 아침에 도시락을 미처 챙기지 못해 점심시간 맞추어 학교에 갔다. 복도에서 기다리고 있는데 학생들의 작품인 듯 진열해 놓은 것에 눈길이 갔다. 지금 전문은 다 잊었고 아직도 한 구절이 내 머리 속에 각인되어 있다.

"삐뚤어진 가지를 눈물로 가꾸시니 이 한 몸 그 사랑 안에 열매 맺이 살아가리. 1학년 OOO"

내 딸의 이름이었다. 어느 날 충효사상 글짓기대회에서 장원이 되었다고 표구 비용으로 돈을 준 생각이 났다. 아! 어린 내 딸에게 지워졌으리라 생각되었던 사건은 아이의 가슴속에 아직도 서려있었구나. 가슴이 뭉클했다.

그 후 대학 4년, 대학원, 유학길에 올라 박사까지···. 이제 50대 교수직에 있어도 나는 '왜 그때 그랬어?'라는 말을 반세기가 다 되어도 할 수가 없었다.

그때 나는 왜 아이와 함께 백화점에 가서 갖고 싶고 사고 싶은 것을 사주고 보듬어 안아주지 못하고 매로 다스렸는지 지금도 마음이 아프다 . 엄마 손길이 얼마나 필요할 때였는데···.

이 글이 내 딸에게 읽혀질 때 '엄마도 참' 하며 웃어 넘겨주었으면 좋겠다. 내 종아리 피멍보다 아이를 아프게 했던 마음의 상처가 흔적도 없이 사라졌길 바라며 반세기 가까운 지금, 외손주 삼형제를 잘 키워내는 딸의 모습이 참 지혜롭게 보인다.

현이야, 엄마를 용서해다오!

고시레

손자가 출국할 날이 며칠 안 남았다.

멀리 충청도 끝자락 홍성에 있는 시아버님 산소에 다녀왔다. 새벽부터 서둘러서 시력도 안 좋은 남편이 손수 운전하는 행보는 걱정되었으나 다녀오니 피곤했지만 마음은 가볍다. 효성이 지극했던 남편이니 그 뿌리가 손자에게도 이어지게 하고 싶은 바람인가 보다.

오는 길에 판교에서 사업을 하고 있는 당질을 찾았다. 청년시절에 보았던 그는 머리가 희끗희끗 중후한 노신사가 되어 있었다. 그가 삼십여 년 이루었던 사업, 자식들의 교육 문제, 그동안 격조했던 시간만큼 쌓인 이야기가 많았다.

딸부잣집 외동아들로, 할아버지는 지방법원장으로 명문가에서 곱게만 자라서 여리게만 보았는데 이제는 그 분야의 업계에서 인정하는 굴지의 회사로 키워놓은 회장님이다.

자기가 하고 싶은 공부와 일을 하며 세상을 내다봤고 자식 교육도 명문대 입학에 연연하지 않고 일찍 중국으로 유학을 보내는 등 중국어, 영어 언어 소통에 기본을 두며 자기가 진출하고자 하는 나라의 문화를 익히게 하였다. 우리가 좁은 나라에서 바글거리고 있을 때 당질은 자식들을 과감하게 해외로 보내서 교육을 시킨 것이다.

지금 그의 아들도 큰 피혁회사를 운영하는 삼십대 중반 사장으로, 세계를 돌아다니며 사업을 하고 있다고 한다.

꽤 큰 회사의 회장 자리에 있으면서도 진열되어 있는 제품 하나하나를 살피며 얼룩진 곳을 손수 닦아내는 그의 모습에서 그의 성공의 비결을 보는 것 같았다.

가정에서는 사랑이 많은 따뜻한 사람, 어릴 때부터 그 부모에게서 보고 배우며 자랐다. 이웃에 사는 고 씨라는 피란민 모녀와는 가족처럼 살았는데 나이 들어 치매까지 왔어도 그의 가정에서 극진한 사랑으로 보살폈다. 지금도 묘를 쓰고 비석까지 세워 철따라 추도식을 올리며 살핀다고 한다. 복 받으려고 일부러 하는 것은 아니지만, 그들을 돌봐야 될 것 같은 어떤 의무감이 있다고 하였다.

그는 어릴 때 감명깊이 읽었던 동화책이 있었다.

고 씨 성을 가진 혼자 사는 늙은 농부가 어렵게 농사를 짓고 살다가 들에서 그대로 죽어 방치된 시신을 한 이웃이 농부의 땅 건너편 양지 바른 곳에 묻어 주었다. 일을 하고 무심코 밥을 먹으려다가 무덤을 바라보게 되었다. '고 씨야 먹게나.'라며 밥 한 술을 던지곤 했다. 그 후로 극심했던 가뭄도 그치고 해마다 풍년이 들어 잘 살았다는 이야기다.

지금도 관습처럼 익살 섞인 행동들을 가끔 보게 된다. 논둑이나 야외 어디든 음식을 들기 전 떼어 던지며 하는 '고시레.'

어린 소년의 마음속 깊은 애정에 요즘 같은 세상 외로운 모녀가 사후까지 살뜰히 보살핌을 받고 있다.

돌아오는 차안에서 "윤우야, 오늘 공부 많이 했네. 앞으로 네 직업이 남을 보살피는 일이니 교만하지 말고 따뜻한 손길로 베풀어라. 세상 살면서 잔꾀 부리지 않고 성실하게 살면 복은 스스로 온다."

(2018. 8.)

뼈다귀 곰국

"나 집에 가서 곰국에다 밥 말아 먹고 싶단 말이야."

네 살된 손자녀석이 생떼를 쓰며 밥투정이다. 미국에서 뼈다귀 구하기 쉽지도 않거니와 냄새 피워가며 곰국 만들기는 더더욱 불가능했다. 지금도 그 말이 마음에 걸려 잊히지 않는다.

막내아들이 잠깐 동안 미국에 있을 때였다. 며느리가 둘째 아기를 출산하고 나도 그때 미국에 머물러 있었다. 아우를 타는지 모든 것이 불만이었다. 그녀석이 벌써 고등학생이 되었다.

이곳으로 이사 오니 헛간에 큰 가마솥이 걸려있었다. 나는 양 명절 때마다 뼈다귀 고는 게 행사같이 되었다. 추석에는 토란 넣은 곰국을, 설 명절에는 뼛국물에 떡국을 끓여야 진

수다.

어느 해 추석, 손주들이 감기가 심하게 들어 애비만 왔다. 곰국과 열무김치를 보냈더니 다음날 아이들이 신기하게 눈이 반짝 뜨이며 회복이 되었다고 한다. 요즈음 아이들 대부분은 파를 싫어하는데 우리 손자들은 곰국에는 파가 들어가야 제맛이라며 양념까지 챙기고 있다.

엊그제 민통선 한우 가게에서 뼈다귀를 반값에 팔기에 한 보따리 사서 가마솥에 하루 종일 장작불로 고아 놓으니 마음이 뿌듯하다. 손주들이 잘도 먹는다. 우리 집에 온 친척들에게 한 통씩 퍼주니 가지고 가면서 사는 것은 너무 달아서 담백하지 않아 개운하지 않은데 이것은 진짜 보약이라고 좋아한다. 먹거리가 차고 넘치는 세상, 곰국도 일회용으로 포장되어 참 편리하게 되어있다.

내가 자랄 때에는 큰 가마솥에 쇠뼈다귀 가득 채워 장작불 지펴 넣고 밤새 우려 구수한 국물에 밥 말아 김장김치 하나면 다른 반찬은 걱정할 필요가 없었다. 연한 쌀뜨물 색이 나도록 우려내고도 아까워 뼈를 된장독에 묻어 놓고 우거지 된장국 끓일 때 뼛조각만 넣으면 구수한 고깃국 맛이 난다.

요즘은 세 번 이상 우려내면 인 성분이 나와 인체에 해롭다고 한다. 풀만 먹고 자란 소가 아니고 육우를 목적으로 기르는데 따른 사료, 거기에 각종 질병에 대한 약품들, 한때는 광우병이 크게 논란이 되어 뼈는 더욱 위험하다고 해서 일체 먹지 않았다. 제발 먹을거리 가지고 장난치지 않았으면 좋겠다.

이번 추석에 떼쓰던 손자가 연휴 끝에 시험기간이 되어 공부한다고 오지 못했다. 아궁이 앞에 앉아 불을 때며 그 녀석 생각이 떠오른다.

"나 곰국에 밥 말아 먹고 싶단 말이야."

"신우야, 기다려 할머니가 맛있는 곰국 끓여서 보내 줄게."

우울증 특효약

1.

"얘, 나 우울증 다 나았다."

십년이 넘도록 죽어야지 타령하던 언니가 어느 날 좋아서
전화를 했다. 언니의 남편과 아들, 사위가 모두 의사다. 서울
대병원, 삼성병원 신경계통의 유명한 전문의들이다. 팔십대
중반 부러울 것 없이 다 갖추고 사는 언니는 깜박이는 증상이
심하여 치매약을 복용 중이라 약간 걱정이 되었다. 혹시나
언니가 증상이 더 심해진 것은 아닌가?

"참 다행이유. 무슨 특급 처방이라도 있었수?"

"그래. 아린이다."

빵긋빵긋 웃는 인간 꽃송이 증손녀 '아린이'란다.

언니는 서울 성북동 고급 주택가 산중턱 넓은 터에 고급주

택 네 채를 지어서 자식 사남매와 한 울타리에서 다 같이 살려는 계획이었다. 결혼한 자식들과 얼마 동안은 함께 살았다.

그런데 자식들이 불편했던지 이런저런 핑계를 대며 다 달아나고 지금은 큰 저택에서 구십이 넘은 형부와 언니가 도우미와 살고 있다. 언니는 매일같이 나에게 전화를 하며 억울하다고 하소연이다.

늙은이 외로움은 어떤 것으로도 달랠 수 없는 질병이다. 이야기를 끝까지 들어주는 것이 언니를 도와주는 일이니 매일 반복되는 같은 이야기를 들어준다. 바쁘게 살던 사람이 한가하면 병이 난다고 한다.

결혼하여 애기 낳고 살던 손녀가 어느 날 건강하시던 할아버지가 갑자기 응급실에 실려 가는 것을 보고는 짐 싸가지고 들어와 요즘 같이 살고 있다. 아들, 며느리 유학시절 핏덩이 데려다가 할아버지 팔베개로 재우며 키워낸 그 손녀딸이다. 나 정신이 없어 못 살겠다고 징징 짜던 언니, 전화가 뜸해지면서 요즘엔 증손녀 자랑이 늘어난다.

엎치지도 못하던 아린이가 어느새 짚고 일어서고, 참새 말만 해도 밖을 쳐다본다고 천재란다. 어미 애비 제쳐놓고 할머

니에게 손 내밀며 오겠다고 자기를 제일 좋아한다고 자랑이
다.

"취직 잘 하셨수?"

애기 안아서 어깨가 아프다고 하더니 요즘엔 업고 다닌다
며 신바람이 났다.

"어깨 아픈 것은 어떠세요?

"응, 그것도 나았다."

"참 아린이가 명의네."

그래서 우울증도 사라지고 애기재롱, 함박 같은 웃음 보느
라 해가 짧아졌다고 한다. 사람이 바쁘다는 것이 얼마나 좋
은 것인가. 고명하신 서울의대 교수이셨던 남편보다 자기 증
손녀가 세상에서 제일가는 명의라 한단다. 십년이 넘게 앓던
질병들은 한가한 데에서 온 외로움인가, 자식들에 대한 배신
감 같은 메워지지 않는 서운함이었나.

2.

나도 언니와 같은 상황에서 때로는 서러워 혼자 눈물이 나
고 마음이 울적할 때가 많다. 세월을 되돌릴 수만 있다면 이
렇게 살지는 않겠다는 생각도 한다. 어쩌다 이 첩첩산중에까

지 와서 풀 뽑고 김매는 거친 일 하면서 사서 고생을 할까?

이것으로 먹고 사는 일도 아닌데 처음엔 좋아서 했으나 이제는 힘이 부쳐서 그만 놓고 싶을 때도 많다. 그래도 한편, 이 생활이 가꾸며 보는 재미가 있었기에 이만큼 건강이라도 유지할 수 있지 않았을까. 그렇지 않았다면 어쩌면 나도 언니보다 더한 우울증에 시달렸을지도 모른다.

밭을 파 뒤집어 무, 배추 씨앗을 뿌리고 오늘도 아침에 제일 먼저 문안을 하고, 고추 따고 깻잎 따서 장아찌 담고 하루해가 너무 짧아 아플 새가 없다. 우울증엔 바쁜 약이 제일 으뜸가는 처방이다.

남편의 옆자리

　반백년 넘어 남편과 사는 동안 참 굴곡도 많았다. 이제는 인생의 황혼길을 걸으며 느긋하게 살고 싶어도 생각대로 되지 않는다.

　서로의 눈빛만 보아도 상대방의 마음, 건강 상태까지 읽고 좋다는 것 다 챙겨 봐도 떨어진 감각 때문에 수시로 사고를 내며 살얼음판을 걷듯 살아간다. 아직도 마음만은 무엇이든 자신감에 넘쳐나는 것 같아도 세월이 갈수록 나약해짐은 어쩔 수 없는 현실이다.

　팔십 고령, 이젠 운전대를 그만 놓아야 될 나이에 차를 끌고 다니는 것은 무리이다.

　가끔 서울에 볼일이 있어 갈 때마다 얼마나 마음 졸이는지 온갖 신경이 곤두서서 옆자리에 타고 있으면서 수없이 내리고 싶은 충동을 느낀다. 그래도 대중교통보다는 조금 편한 것 같아 타고 다니지만 조마조마하여 늘 긴장 상태다.

"여보 천천히 가요. 급한 일도 없는데 속도를 줄여요."

수십 번 같은 잔소리가 습관처럼 튀어 나온다.

남편은 평소에는 느긋한데 운전대만 잡으면 웬 조화 속인지 급하다. "차는 흐름이 있기 때문에 안 된다."고

나는 오십대 중반에 심하게 교통사고를 당해 손목이 부서지고 팔이 부러져 오랫동안 고생했다. 그 때문인지 차에 대한 공포증이 있다. 옆자리에 타고 다니면서 수시로 작은 접촉사고를 당하여 가슴이 철렁하고 큰 화물차가 옆에 다가오면 긴장이 되어 몸이 졸아드는 것 같다.

며칠 전 우리가 다니던 서울의 교회에 볼 일이 있었다. 날씨가 추워 걱정이 되어도 꼭 가야 된다기에 따라 나섰다. 빙판길은 아니라도 조심조심 교회에 무사히 도착했다. 한 발을 내딛는 순간 남편이 차를 움직인다.

"여보 안 돼!" 순간 나는 차에서 밖으로 나동그라지고 정신이 아찔하며 얼굴에 심한 타박상을 입었다. 계속 피가 흐른다. 급히 응급실로 가야 할 사태가 벌어졌다.

근처 고대 병원으로 가다가 압구정동에서 성형외과를 하

는 막내아들과 연락이 되어 그곳에 가서 몇 바늘 꿰맸다.

얼굴에 반창고를 덕지덕지 붙이고 다시 교회로 와 오후 예배에 참석했다. 아침부터 온 교인들을 놀라게 해 미안도 했고 괜찮다는 것을 보이고 와야 할 것 같아서 태연한 척 했다. 뼈 부러지지 않은 것이 얼마나 감사한 일이냐고 위로를 해준다.

"네, 정말 다행이네요. 늙어서 그런지 견딜 만 해요."

그렇다. 사람들은 더 큰 불행을 상상하며 현실을 받아들이고 위로를 삼는다. 옳지만 당장은 다행이라는 생각보다 아프고 괴로워 남편이 원망스럽고 밉다. 충격 때문인지 머리가 어지럽고 코밑 상처가 깊어 음식 씹는 것조차 괴롭다.

그 이틀 뒤에는 남편이 분당의 서울대병원 내분비내과 검진 예약된 날이다. 공복으로 검사를 해야 하므로 이른 새벽에 떠나야 되는데 예약된 시간까지 갈 수 있는 대중교통편이 없다. 그 꼴을 하고서 남편이 만류해도 걱정스러워 옆자리에 탈 수밖에 없었다. 가는 도중에 새벽에는 화물차가 너무 많아 수시로 놀란 가슴이 진정이 안 된다.

진료결과 다행히 남편의 당지수가 좋아졌고, 돌아오는 길에 안성 동생 집에 가서 며칠 쉬었다 오니 좀 안정이 되었다.

어제는 큰아들네 손자들에게 크리스마스 선물을 부치러 나가려고 시동을 걸어 후진하는 순간 '꽈다당' 뒤에서 부서지는 소리가 났다. 뒤 트렁크 문을 열어놓은 채 움직여 파손이 된 것이다.

남편은 시력도 안 좋은데 감각마저 점점 떨어져 간다. 코 밑에 딱지도 덜 떨어진 상태다. 나는 겨우 마음이 진정이 되었다가 기겁을 했다. 너무 놀라 이제는 남편의 옆자리가 무섭고 싫다.

"여보, 이제 그만 운전석에서 내려와 편히 좀 삽시다. 걸으면 다리에 힘도 오른대요. 남은 생애 얼마나 남았다고 느긋한 마음으로 앞뒤 옆도 살펴가면서 움직이지 무엇이 그리도 급하여 서둘러요. 우리의 해도 다 저물어 가는데 쉬엄쉬엄 가자구요."

(2018. 12.)

철원 유적지 관광을 다녀와서

1.

오늘은 철원예술문화 행사로 철원유적지를 돌아보는 날이다. 아침 일찍부터 서둘러 동송에 가서 일행들과 관광버스에 함께 올랐다. 황사도 없이 날씨가 맑고 포근하여 다행이다.

노동당사 옆 상허 이태준 선생의 자료보관소에 들러 그의 작품들에 대한 설명으로 하루의 행보가 시작되었다.

궁예가 나라를 세우고 이곳에 도읍지를 잘못 정해 망하게 된 이유를 이곳저곳을 살펴봐도 잠깐 보아서는 잘 모르겠다. 선생님의 지리적 해설, 산맥의 정기에 대한 흐름을 들어도 궁예의 실책으로만 느껴진다.

월하리, 옛 왕건이 살았다는 자리에 들렀다. 약간 경사진 언덕에 올라 양지바른 곳에는 뒤에 산자락이 감싸 담을 둘러

친 듯 포근한 보금자리같이 아늑해 보인다. 집터가 좋아 왕이 나왔다는 말도 있다. 주변에서 구석기 시대에 쓰던 토기 등 다양한 유물이 발굴되었다는 암굴이 방치되어 있어서 그런지 어수선하다. 문화적 가치를 인정받기까지는 복원의 손길이 많이 필요할 것 같다.

충혼비가 서있는 장방산 언덕, 끝까지 공산세력과 대항하다가 가신 님들의 넋이 서려있는 곳, 목사님 한 분이 교인들을 피난시키고 혼자서 교회를 지키다가 이 언덕에서 순교하신 곳이라고 한다. 마음이 숙연해진다.

이 땅에 기독교가 정착하기까지 수많은 순교자들의 피 흘림이 있었기에 오늘날 우리는 편히 신앙생활을 할 수 있게 되었다.

고석정에서 점심메뉴 얼큰한 만두 칼국수가 일품이었다.

2.

DMZ, 민통선 생창리는 처음이라 낯설었다.

현대식 건물들이 들어서 있고 개발 신도시처럼 활기차 보인다. 비닐하우스가 온 들판을 뒤덮고 파프리카, 토마토 하우스 재배가 이곳 사람들의 주 생업이라 한다.

옛 금화역사 주변도 자취를 찾아 볼 수가 없다. 모두 현대적인 시설로 바뀌어 부촌 같고 우리 동네보다 더 깨끗하게 정돈되어 보기가 좋다.

버스가 겨우 들어갈 수 있는 좁은 길로 비무장지대까지 안내되어 철책선 바로 앞까지 갔다. 먼 산등성이에 철책선이 끝없이 이어져 있고 금강산으로 이어지던 화강을 가로지른 철길, 곧 주저앉을 듯 아슬아슬하게 남아 오랜 세월이 지난 흔적들을 말해준다.

이 철길이 다시 이어져서 기차 타고 금강산을 가고 싶은데 이곳은 왜 이어지지 않는 걸까. 아쉬움이 남는다.

강줄기 저 멀리 두루미 몇 마리가 희끗희끗 보인다. 안내원이 두루미 한 마리 보면 생명이 십년 연장이 된다고 익살을 떤다. 강 건너 넓은 늪지대가 보인다. 수십 년 간 알 낳고 또 새끼 치고 그 속엔 얼마나 많은 물고기들이 살고 있을까? 낚시꾼들이 보면 저절로 침을 흘리겠다. 물속을 들여다보아도 고기는 한 마리도 안 보인다. 추워서 돌 틈으로 숨은 모양이다. 신 벗고 맑은 물에 발 한 번 담가보고 싶다.

나무들은 재주도 좋다. 수십 년 동안 지뢰를 밟고 서서 끄떡없이 잘도 버티고 있다. 잎이 다 떨어져 나뭇가지만 앙상하니 얼크러진 덤불 속엔 얼마나 많은 진귀한 약초들이 있을까? 수백 년 묵은 산삼이 널브러져 있을 것만 같다.

3.

이다음 통일이 되거들랑 철책선 걷어다가 대한민국에서 제일 큰 가마솥을 만들어 이곳에 와서 남북 수고한 병사들 다 모아 놓고 저 늪 속에 사는 메기 잡아 얼큰하고 시원하게 매운탕 끓여 천렵도 즐기고 산삼도 캐 푹 고아 몸보신도 시키며 우리 손주 같은 녀석들 등이라도 한 번 쓰다듬어 주고 싶구나. 두루미를 네 마리씩이나 보았으니 나도 사십 년은 더 살 수 있을 게다.

흐르는 강물은 이 늙은이 속을 아는지 모르는지 유유히 흘러가고 두루미 몇 쌍이 평화로이 날개를 펴고 강 하구로 우리를 구경하러 온 모양이다 스마트폰에 담으려는데 방향을 틀어 다시 훨훨 북으로 멀리 날아간다.

우리 부부 걸음걸이가 시원치 않아 일행들에게 기다리게 해 미안했다. 기회가 되면 다시 와 강변을 조용히 거닐고 싶다.

(2018. 11.)

두더지 같은 삶

손바닥만 한 밭뙈기를 농사랍시고 짓고 있다.

봄부터 묵은 풀 걷어내고, 삽과 괭이로 파 뒤집어 밭을 일구는 일부터 이랑 만들어 씨 뿌리고 가꾸는 일 등 서툰 농부는 온종일 밭에 나가 산다.

농촌은 풀과의 전쟁이다. 하루라도 손길이 가지 않으면 풀이 장난이 아니다. 풀도 나오는 순서가 있는 모양인지 다 뽑은 듯싶어도 그 다음엔 새로운 풀이 나온다.

고추, 마늘, 파, 오이, 토마토, 상추, 우엉, 브로콜리 등 남이 하는 것은 다 흉내 내본다. 날마다 밭에 나가 살면서 목마른 듯 싶으면 물 주고 배고픈 듯싶으면 거름 주고 유기농 무농약을 고집하려니 풀 뽑다 세월 다 간다. '사다 먹는 것이 훨씬 싼데…' 하는 계산을 하다가도 가꾸는 재미와 건강에 보탬이 된다고 위안하면서 이 일을 계속한다.

이렇게 정성을 들여 가꾸어놓은 밭도 여름장마 한 번 치르고 나면 호랑이가 새끼를 치고 나가도 모를 만큼 풀이 무성하다. 이것 한다고 봉두난발하고 사는 우리 꼬락서니와 집안 꼴이 말이 아니다. 손톱 끝이 새카맣게 되어 어쩌다 서울을 가든지 손님이 오면 보이기가 창피하여 슬그머니 손을 감출 때도 있다. 그래도 먹고 남아 이 집 저 집 나누어 주고, 손주 녀석들에게 조랑조랑 방울토마토, 옥수수를 먹일 때면 마음이 흐뭇하다.

오늘도 우리 밥상엔 푸성귀들로 풍성하다. 마음 놓고 먹을 수 있어 좋고 남편의 건강에 보탬이 되길 바라며 부지런히 가꾸어 본다.

(2014. 5.)

집 생일

내일은 우리 집 생일이다.

벚꽃이 만발했던 화창한 봄날 1965년 4월 13일 우리 가정이 태어난 날이다. 온양온천이 고향인 우리는 그곳에서 결혼식을 하고 대전 유성온천으로 신혼여행을 갔다.

독감을 앓고 난 후 신부는 긴장했던지 재발이 된 듯 한기가 나고 열이 났다. 호텔로 의사의 왕진까지 청하는 사태까지 벌어졌다. 약이 독했던지 밤새 토하고 새벽 4시경에야 정신이 들었다.

새신랑이 얼마나 당황했던지 손바닥으로 받아냈다면서 "손바닥 뚫어지는 줄 알았네." 했다. 의식이 가물거린 상태로 난 토한 줄도 몰랐다. 그때를 생각하면 지금도 남편에게 미안하다.

그 신부가 아들, 딸 잘 낳고 며느리, 사위, 손자, 손녀 우리 집 울타리 안에 주렁주렁 사랑의 열매들이 가득하다.

금년 우리 집 나이는 쉰네 살, 덧없는 세월이라더니 어느새 오십 년이 지났다. 이제는 빈 둥지 안에 묵은 등걸만 남아 날마다 삐그덕 삐그덕 하늘나라 가는 연습하기에 바쁘다.

남편의 곧은 성품, 대책도 없이 사표를 냈던 지난 세월들이 참으로 나를 아프게 했다. 다시 꺼내 보아도 춥고 배고팠던 시절이었다. 젊음이 있었기에 내일이라는 것에 용기를 잃지 않았다. 종교적인 힘으로 우리 집이 무너지지 않았고 불의와 타협을 아니 하였기에 배고팠지만 떳떳했다.

그래도 행복했다. 추운 겨울 미닫이문이 반은 열린 상태에서도 언 몸을 녹일 수 있는 따끈따끈한 아랫목은 아늑한 보금자리였다. 옹기종기 이불 속에 발을 넣고 도란도란 이야기꽃에 하루의 피로가 풀렸다.

우리 집의 황금 시기는 어느 여름방학 휘영청 밝은 달밤에 전깃불도 끈 대청마루에서 큰아들 기타 반주에 온 가족이 불렀던 찬송가 〈죄짐 맡은 우리 구주〉 사중창. 아직도 그 모습이 눈에 선하고 그리워 다시 모여 한번 부르고 싶다.

다행히 우리 아이들 말썽 피우지 않고 잘 성장하여 자기

몫을 감당하며 잘 살고 있다.

　손주들아! 세상살이 요령 피우면 잘살 것 같아도 진리 앞에 무너짐을 수도 없이 보았다. 할아버지의 곧고 바른 정신을 가보처럼, 세상 사는 가치 기준으로 그 뿌리가 이어지길 바란다. 행여 곁길로 가야 될 일이 생기거든 잣대로 삼고 한 번쯤 짚고 생각해 보거라. 너희들에게는 그런 일이 생기지 않길 바라지만 요즘 세상 돌아가는 꼴이 하 어수선하니 걱정이다.

　몸은 뼈 마디마디가 제각각 놀아나 삐걱거려도 마음은 주책이 영글어 못할 일이 없을 것 같다.

　걸음도 똑바르게 걷지 못하는 주제에 서해 관광열차를 타고 '구혼 여행' 한 번 하잔다.

　"글쎄요."

　"가보고는 싶지만. 당신 발바닥에 구멍 뚫리는 사태가 발생할까 봐 염려가 되어 용기가 나지 않네요."

　해마다 자식들이 집 생일날이라고 전화를 한다.

　맛있는 것 사먹으라고 돈도 주고….

(2019. 4.)

뺑소니차

지난주 금요일, 밤늦은 시간에 아일랜드에서 사는 큰아들에게서 전화가 왔다. 늦은 밤 전화는 급한 일이 생긴 것 같아 긴장부터 된다. 아버지가 뺑소니 운전자가 되었다고….

"아닌 밤중에 홍두깨라더니 이게 무슨 소리냐?" 그럴 리가 없다 무엇이 잘못된 것 같다. 상대방 차 블랙박스에 우리 차 번호판이 찍혀 있고 큰아들 명의로 차주가 되어 있어 그곳까지 연락이 갔다는 것이다.

'2월 6일 아침 8시15분 용암천 주차장 0000, 증거가 확실하니 꼼짝없이 뺑소니 차량'

남편은 살짝 닿은 느낌은 있었으나 대수롭게 여기질 않았다고 전혀 예상치 못한 일이라고 했다.

설 쇠며 무리했는지 어깨가 많이 아파서 다음날 일찍 일동

용암천으로 목욕을 간 것이 화근이었다. 주차하는 과정에서 다른 차가 긁힌 모양이다. 담당자와 연락이 되었고 시력관계로 그리 되었으니 보험처리로 해 달라 부탁했다.

이미 신고가 접수된 상태로 포천경찰서로 와서 조사를 받아야 된다며 토요일까지 나오라는 것이었다. 남편이 긴장한 것 같아 날씨 핑계대고 월요일에 가겠다고 했다.

경찰서에서 다시 연락이 와 일요일 오후에 우리 집으로 오겠다고 한다. 고맙게도 늙은이 대접하여 자기들이 오겠다는 것이다. 한평생 고의적이든 아니든 법을 어기고 산 일이 별로 없어 마음이 착잡하다. 경찰들이 와서 조서를 꾸미고 차주와 연락이 되어 사과를 하고 고의가 아닌 것으로 확인되어 범칙금 없이 보험처리로 마무리가 되었다.

"미심쩍었으면 한번 살펴보시지, 이게 무슨 망신이요, 뺑소니라니…. 다시는 당신이 운전하는 차 타고 싶지 않아요."

화가 치밀어 쏘아붙였다. 그런데 십분도 안 되어 차를 타게 될 일이 생겼다. 자존심이 심히 구겨지나 할 수 없이 탔지만 아무 말도 하기 싫었다.

남편 건강문제로 수시로 병원 들락거리며 늘 내 마음은 그늘 속이다. 남편이 이제는 시력까지 약해져서 사실 운전이

무리다. 거듭되는 차 사고를 겪으며 가슴이 철렁거림이 가라앉을 새가 없다. 나이가 듦에 작은 사고처리도 힘이 들고 지친다. 나도 보호 받을 나이에 보호자는 사퇴하고 싶다.

자식들이 있어도 멀리 살고 가까이 사는 자식도 항상 일이 많아 얼굴 보기도 어려워 빛 좋은 개살구다. 이럴 때마다 나와 무관하게 느껴지던 요양원이라는 곳, 우리 처지에 맞는 곳에 가서 한가하게 살고 싶은 생각을 한 번씩 하게 된다.

어제는 가평 동생 집에 바람 쐬러 다녀왔다. 남편은 쌩쌩 달리며 여전히 당당하다. 누구 속을 태우고 싶어 저럴까?

뺑소니차가 좋아서 타는 것은 아니다. 어쩔 수 없이 타고 다니지만 마음이 조마조마 하다. 아마 내 마음속을 사진으로 찍을 수 있다면 숯검정 같으리라. 다 타버려 하얗게 스러지면 그때쯤 나는 하늘나라를 향해 하얀 재가 되어 훨훨 날아가리라.

잠시 동안이라도 남편의 인격에 조금도 금이 가는 것은 속상하다.

보고 싶었던 엄마

수원교회 남편의 제자인 원석이는 너무나 잘생겼다. 말도 없이 항상 듬직하고 빙그레 웃는 모습이 참으로 선해 보였다.

원석이가 대학교 2학년 여름방학 때 우리는 전근이 되어 수원에서 경희대학교 부근으로 이사를 오게 되었다. 어느 날 친구인 주호가 원석이를 데리고 왔다.

그런데 전 같지 않게 말이 많다. 이상한 예감이 들었다. 주호에게 선생님이 뵙고 싶으니 가자고 졸라대서 왔단다.

원석이가 반복해서 하는 말은 5살 때 온양에 있는 외할머니 댁에서 살았다고 했다. 어린 원석이는 토요일이면 아침부터 역전에 나가서 보고 싶은 엄마를 온종일 기다렸단다. "막차가 왔는데도 엄마가 안 오셨어요. 많이 울었어요. 엄마가 보고 싶어서요." 같은 말을 수없이 하고 있었다. 원석이는 또

"엄마가 날 정신병자 취급해서 용인정신병원에 입원시켰어요."라면서 너무 억울해 했다.

"선생님은 의인이시니까 판단해 보세요." 자기편에 서 달라는 간절한 애원이다. '아하, 얘가 병이 심상치 않구나.' 걱정이 되었다. 된장찌개를 끓여 점심을 먹여 보내면서 착잡했다.

그 후 그 어머니와 몇 차례 상담을 하고 치료할 수 있는 방법을 상의했다. 경희대학병원 정신과에 유명한 의사의 도움을 받기로 했다. 병은 점점 깊어져 병원에서 의료진들이 와서 데려가려고 시도를 했으나 분위기가 너무 험악해 이행할 수가 없었다.

어느 여름날 원석이 어머니가(천주교 신자임) 독일인 신부님과 함께 남편을 찾아 와서는 원석이가 선생님만 찾으니 도와 달라며 함께 수원까지 가기를 원했다.

방안에 감금당한 채 원석이는 칼을 휘두르고 있었다. 날카로운 맥가이버 칼을 쥐고 금방이라도 찌를 자세로 버티고 있었다. 남편이 문을 열고 들어가니 흠칫 놀라면서도 선생님을 반가워했다. 그 어머니가 과일 접시를 밀어 넣었다. 남편은 칼을 뺏을 방법을 탐색하며 과일을 깎아 먹게 칼을 빌려 달라

했다. 칼을 건네받아 쓰고는 접어서 주머니에 넣었다. 도로 달라고 소리치며 가지고 있던 큰 막대기 같은 것으로 남편을 치려 했다.

"이놈, 선생님을 쳐? 당장 내려놓아라." 남편이 단호히 큰 소리로 야단치니 수그러들었다. 밖에서 의료진이 들어와 아이를 결박하다시피 하여 데려가는데 원석이가 믿었던 선생님에게 당했다고 억울해했다. "원석아, 이게 네가 살 길이니 잘 치료 받고 아프지 마라."며 등을 다독거리며 위로했다.

그 후 경희대학병원으로 남편과 몇 차례 문병을 갔다. 장기를 두면서 선생님께 공손히 인사도 하고 많이 치료가 되어 다행이었다. 가끔 들리는 소식은 퇴원 후 복학해 학교에 다닌다고 했는데, 학교도 중도에 그만 두고 쉬고 있다. 그런데 얼마 안 되어 그가 죽었다는 소식은 우리의 마음을 아프게 했다.

원석이를 진료했던 교수님은 유년기에 엄마 곁을 떠나 있었던 외로움이 그에게 큰 상처가 되어 정신질환을 앓게 된 동기라고 진단을 내렸다. 어린 마음에 엄마가 얼마나 보고 싶었으면 쌓인 한이 그를 끝내 그렇게 보내야 했을까?

지금까지도 빙그레 웃는 모습이 눈에 선하다.

(2015. 5.)

4부 [산문]

미세먼지

생명줄

지난 12월 말 교회에서 송구영신 예배 시간에 팔십 넘은 집사님이 특송을 하였다. 찬송가 305장 "나 같은 죄인 살리신 주 은혜 놀라워…"를 눈물범벅이 되어 혼신을 다해 불러서 온 교인들의 마음을 흔들어 놓았다.

"나는 죄인입니다. 아내가 쓰러진 것도 몰랐던 바보입니다."

그 집사님은 전 교인들 앞에서 자책을 하며 흐느꼈다.

12월 초 새벽, 잠결에 화장실 문소리가 나서 나가보니 화장실 앞에 부인이 누워있었다.

"왜 여기 찬데 누워있어. 방에 들어가자."

그리고는 그대로 자기는 방으로 들어갔다고 한다. 그러다가 걱정이 되어 다시 나가보니 아내가 이미 혼수상태였다.

급하게 119를 불러 이 병원, 저 병원 헤매다가 서울 강동성심병원에 가서 서둘러 뇌출혈 수술을 했다. 한 달이 지나갔는데 아직도 혼수상태로 중환자실에 있다. 그는 처음 보았을 때 서두르지 못한 것이 한이 되어 저렇게 된 것이 자기 때문이라고 한없이 눈물을 흘리는 것이다.

이 집사님이 쓰러지기 전날, 우거지가 있다고 가져가란다.

지나는 길에 무청이 하도 좋아 주워 엮어 헛간에 길게 주렁주렁 다섯 갓을 매달아 놓았다. 내 친구 소권사에게도 전해주라고 두 갓이나 뚝 떼어 주었다. 노인들이 추운데 수고한 것을 받아오기가 민망하여 사양을 해도 자기는 세 갓이면 충분하단다. 전에도 냄새나는 은행을 주워 말갛게 씻어 집집마다 한 봉지씩 나누어 주기도 하였다. 이렇듯 이 집사님은 언제나 사랑의 손길로 베풀었던 사람이었다. 교회 가까이 살면서 목사님을 지극한 정성으로 섬기신 집사님, 그토록 열심히 사신 분이 이렇게 갑자기 식물인간이 되었다.

지난주 목사님 내외와 우리는 집사님을 뵈러갔다. 넓은 중환자실에는 많은 환자들이 기계에 의해 숨을 쉬고 링거 줄에 생명을 매어 단 채 잠든 듯이 조용하다. 간호사들의 발걸음만 바삐 움직이고 있다

집사님의 남편이 우리가 왔다고 흔들어 깨워 보지만 눈을 뜬 듯 만 듯 수술한 지 한 달이 다되어 가는데 혼수상태로 회복의 기미가 크게 보이지 않아 가족들이 애를 태우고 있다. 빠른 회복이 있게 해달라고 기도하고 돌아오면서 많은 생각을 했다.

사람의 생명이 얼마나 무기력한가. 한 치 앞도 모르는 것이 사람 일이라더니, 만나면 안녕하세요? 밤을 지나는 동안에도 별일 없었느냐, 극히 일상적인 인사지만 밤사이에 이렇게 엄청난 일이 벌어질 줄 누가 상상이나 했을까? 추운 날 무청 아까워 주워다가 집사님 특별 메뉴, 되비지 탕에 넣을 일년 분이 되었다고 좋아하더니 한줄기 입에 대보지도 못하게 될 것을 어찌 알았으랴.

어디까지가 내게 주어진 생명인지 모르겠다. 주변에 이렇게 어려운 일을 당하고 있는 사람들을 가끔 보게 된다. 오랜 기간 기계에 의존해 숨 쉬고 링거 줄에 매어달려 깊은 잠에 빠져 있는 삶은 무엇일까?

요즘 법적으로도 이 문제에 대하여 안락사 이야기가 많이 거론되고 있다. 희망 없는 환자를 이대로 질질 끌며 오랜 기간 병원 신세를 지며 언제까지 가족들과 환자가 진이 다 빠지도록 있어야 되는지, 그래도 혹시나 하고 단 1프로의 가능성에도 매달리면서 어느 날 긴 잠을 자고난 사람처럼 눈 번쩍 뜨고 기지개 쑥 펴며 아! 잘 잤다고 일어나면 얼마나 좋을까? 기적을 바라는 마음은 누구나 똑같다.

집사님의 남편은 팔십 고령에 동동거리며 매일같이 병원으로 출퇴근한다고 한다. 건강도 안 좋으신 분이 당황하시는 모습이 곧 쓰러질 것 같아 걱정스럽다. 조금이라도 움직이는 기미가 보이면 밝아지고 미동도 없는 날은 온가족이 초비상이다.

하루 속히 집사님 의식이 돌아오길 바라며 온 교인들이 기도하고 있다. 교회에서 이번 성탄절과 연말행사도 오락 프로그램은 모두 생략했다. 몇 사람 안 되는 교인 중에 두 사람이나 쓰러졌다. 한 분은 대퇴골이 부러져 요양병원에 가 있다.

이 교회는 교인 평균 연령이 76세, 우리 내외도 한몫을 단단히 하고 있다. 중환자실에 가서 실오라기 같은 줄에 매달린 삶을 보며 삶과 죽음의 문턱에서 이렇게라도 살아 있어 생명이 연장되었다고 감사해야 할지….

우리도 늙은이 둘이 살면서 남의 일 같지 않다. 저들 속에 내가 있는 모습을 상상해 본다. 최선을 다해 건강을 챙기며 잘 죽게 해달라고 기도를 하면서도 여기저기 몸이 망가져 감에 삶을 포기하는 연습을 시키시는 그분께 감사하며 살고 있다. 이 집사님 의식이 빨리 돌아오길 빈다.

감기

옛날 감기는 으스스 한기가 오면 따끈한 콩나물국에 고춧가루 풀어 한 그릇 먹고 나면 후줄근히 땀이 나고 거뜬했다.

요즘 세상은 바이러스 이름도 새록새록 많기도 하고 독하기도 하다. 한번 걸렸다 하면 독한 약으로 며칠을 시달려도 회복이 쉽지 않다.

남편이 요즘 심한 독감에 걸렸다. 기관지 계통이 약한 사람이 겨우내 잘 넘겨 다행이라 생각했더니 줄기침으로 고생이다. 기침소리를 들을 때마다 내 몸까지 조여 드는 것 같아 불안하다. 자기 한 몸 관리도 못하는 사람, 온갖 방법을 다 써가며 간호를 해도 좀처럼 회복이 어렵다. 여전히 '콜록 콜록.'

콩나물국, 토종닭 백숙, 심지어 보신탕까지 끓여줘도 입맛이 없다고 한다. 이제는 나이 들어 면역력이 점점 떨어져 회복이 더딘 것 같다. 진료 받는 병원에 약이 독한 것 같으니 진통제를 좀 줄일 수 없겠느냐 문의하니 종합병원에 가서 입원하여 검사를 받아 보라 한다. 남편은 무슨 입원이냐고 펄쩍 뛴다. 원래 감기만 들었다 하면 기침이 끊이지 않는다.

소년 시절 6·25전쟁 당시 형수 한 분이 폐결핵으로 사망하고 전쟁 때 관리가 허술하여 감염이 되었는지 자신도 모르는 사이에 폐결핵을 앓았던 흔적이 있다고 건강검진에서 알게 되었다 한다. 결핵균은 없지만 폐기능이 약할 수 있겠다고 주의하라고 했다. 그 때문인지 기관지 계통이 약하다.

해마다 중국 북경에서 중의학을 전공한 한의사에게 거기에 대한 처방전으로 몇 년 동안 고가의 약을 복용했다. 지금은 미국에서 살고 있어 이번에도 다시 주문했는데 다음 주에나 약이 온다. 제발 이 약으로 건강이 회복되길 바라며 대나무 마디처럼 한 마디가 지나면 다시 순탄한 노후가 되길 바라며 이 글을 쓴다.

남편은 덥다고 환절기 기온차를 무시하는 철없는 아이같아서 연례행사처럼 기침 감기를 앓고 있다. 조금만 더워도 옷을 벗고, 나는 감기 든다고 애 취급하며 옷 입으라 실랑이를 한다. 이 노인아기는 언제나 철이 들까.

길상사를 다녀와서
-길 위의 인문학 현장 탐방을 다녀와서

나는 오랫동안 성북동 근처에서 살았다. 어느 가을날 대원각이라는 요정에 친구들과 점심식사 한 번 했던 기억 외에 길상사는 처음이다. 많은 관광객들이 붐비고 있어도 산사 안에는 숭고함이 감돈다.

그 옛날 멋쟁이 미남 백석 시인과 진향이라는 기생은 이루지 못한 사랑 때문에 혼자 산다. 그녀는 법정스님이 쓴 ≪무소유≫라는 책을 읽고 감명을 받아 거대한 요정을 스님에게 기증했으나 처음엔 사양했다가 후에 받아서 길상사라는 이름의 절이 되었다. 스님은 진향(본명은 김영환)에게 '길상화'라는 법명을 지어 주었다.

법정스님이 계시던 곳은 어디쯤일까?

뒤뜰 한적한 작은 암자에 영정이 모셔져 있고, 입으셨던 옷, 밀짚모자, 글귀, 극히 간소한 소지품 몇 점만 놓여있다.

툇마루 옆 건드리기만 해도 부서질 것 같은 통나무의자, 스님은 여기에 앉아 무슨 생각을 했을까?

마루 끝에 방명록이 있어 스님께 편지를 썼다.

'맑게 사신 스님, 맑은 영혼을 사랑했노라고….'

암자 담벼락 밑 유골이 묻혀있는 곳에 꽃이 진 길상화 잎만 파랗게 남아 있다. 무소유를 강조하신 분, 한 줌의 재마저도 다 내어 주시고 텅 비우셨구나.

강원도 깊은 산속에 오두막을 지어 자연과 도란도란 이야기하시고, 전라도 한적한 암자에서 녹차의 향을 즐기시고 청량제 같은 글들을 펴내었다.

한때 남편이 교직에 있으면서 부정과 타협하지 않고 곧게 살고자 대책도 없이 사표를 냈던 삶은 내게 참으로 견디기 힘든 아픔이었다. 몇 해 동안 우울증에 시달리며 스님 책들을 읽고 또 읽었다. 그중에 〈오두막 편지〉는 내 마음의 안식처, 산토끼 산새들과 함께하며 떠가는 흰 구름 위에 내 시름을 실려 보내기도 했다.

오두막에 군불 지펴 넣고 촛불마저 꺼 놓은 창가에 앉아 달빛을 바라보셨다는 스님. 어쩌면 저리도 맑게 사셨을까?

"속을 비워라. 내속에 깊은 내면의 소리에 귀 기울이고 복

잡할수록 단순하게 살아라."

나는 살아가며 어려울 때 쉽게 내려놓는 법을 이 글에서 배웠다.

어느 날 함석헌 선생님이 제자들과 함께 오두막에 오셨다. 하루 한 끼만 식사를 하는 스님은 마침 그날 메뉴가 감자였다. 팔십 넘으신 어른께 험한 산골짜기까지 오셨는데 감자만 드리게 된 것을 몹시 마음 아파하셨다.

두 분은 종파적 차원을 떠나 깊은 정을 나누시고 김수환 추기경님과도 두터운 정으로 지내셨는데 참으로 존경스러운 분들이셨다. 세 분 어른 생각만 해도 맑은 생수 같으신 분들인데 살아 계셨으면 얼마나 좋을까? 이곳에 와 보니 더욱 그리워진다.

어디에도 매이지 않고 높은 경지에서 영적인 밝음을 보셨기에 초월한 삶을 살다 가신 게 아닐까? 요즘 세상 종파간의 갈등으로 가족과 이웃이 틈새가 생기고 국가 간에 전쟁이 끊임없이 일어나고 있어 골칫거리다.

사후 책을 더 출판하지 말라는 유언 때문에 요즘은 법정스님이 쓰신 책을 구하기가 쉽지 않다고 한다. 청량제 같은 글들이 많은 사람들에게 읽혀야 하는 아쉬움이 든다.

나오면서 정 선생님이 높다란 탑 앞에 서서 탑을 몇 번 돌아가며 소원을 빌면 이루어진다 하며 탑을 돈다. 남편이 슬며시 일어나 한 바퀴 돈다.

"왜 돌았어요?"

"그냥 구경해봤어."

'예수 믿는 사람들이 보면 별난 장로라 하겠네.'

남편의 신앙

지난 문화센터 강의시간에 선생님이 천지창조에 대하여 잠깐 언급했다. 과학자들의 주장도, 앞으로 지구의 종말론도 누구든 미지의 세계에 대한 명쾌한 정답을 내릴 수가 없다. 종교적인 차원에서 확실한 해답이 있다고 해도 풀어낼 만한 능력이 없어 우리가 원하는 답을 주지 못한다. 종교적 배경을 달리하는 집단에서 통일된 답을 구한다는 것은 불가능할 게 뻔한 일이다.

남편은 "기독교에서는 하나님이 창조했다고 믿는다."라고 했다.

신앙은 자유다. 누구나 자기가 지키고 있는 믿음은 소중하고 귀하다. 다만 나와 생각이 다르다고 상대방의 의견이나 신앙이 옳다 그르다 논하는 것은 상당히 조심스럽다.

나는 집에 와서 많은 생각을 했다. 남편이 과거 사십여 년 장로 직책에 있으며 일탈된 태도로 신앙생활을 한 것은 아닐까? 남편은 '성경은 일점일획도 틀림이 없다.'고 늘 강조한다.

성경 시작부터 하나님의 창조역사, 대서사시를 수도 없이 읽었을 텐데 하나님의 섭리를 부인했을까? 남편과 함께한 세월이 반세기가 훨씬 넘었다. 나는 예수를 믿지 않던 사람으로 결혼하고 살면서 신앙적으로 많은 갈등이 있었다. 예수는 우리의 생활 전체로 처음부터 예수 터전 위에 내 가정이 시작되었고, 말씀 안에 아이들 교육 문제까지도 신앙을 기초로 삼고 살았다.

남편은 중학교 이학년 6·25사변 당시, 영어를 배우기 위하여 교회에 들여놓은 첫 발걸음이 예수 믿은 동기였다고 한다. 첫 신앙을 당시 황해도 사리원에서 피란 오신 아동문학가 이태선 목사님에게서 싹을 틔웠고 그 후로 그 예수가 얼마나 좋았던지 한 번도 의심해본 적이 없었다고 한다. 신앙에 금이 가는 일이면 목숨에 연연하지 않고 어느 일터라도 서슴없이 털고 일어섰다. 역경 속에서도 감사가 이어지고 자식들 셋이 지금 있는 자리에서 반듯하게 좋은 가정을 이루고 살고 있는 것은 예수의 정신을 그들에게 바르게 심어준 믿음으로 이어진 결과가 아닌가 생각한다. 자자손손 대대로 가정이 예수의 버전 위에 세우고 살기를 늘 기도하고 있다.

네 말은 생물학자나. 그가 고백하는 말은 연구하면 할수록 세포 하나하나 그 구조적인 섬세함이 너무도 신기하여 하나님의 그 창조의 세계가 정교하심에 거듭 놀란다고 한다. 인간은 모른다고 하는 것이 정답이라고….

이렇게 하나님의 섭리는 온 우주이든 하나의 작은 생물체이든 우리 머리로는 헤아릴 수 없는 것 같다. 이 문제만큼은 하나님만이 지니신 프로그램이다.

적어도 우리 집 양반은 기독교신자로 남편, 아버지, 할아버지로서 부끄럽지 않은 삶을 살았다고 나는 자부한다. 한평생 교육의 현장에서 또는 사십여 년 교회 장로로서 곧은 믿음은 온 교우들에게 옳은 신앙의 본을 보이며 예수를 바르게 믿었다고 생각한다. 또 하나님이 부르시는 날까지도, 그렇게 그의 확고한 하나님에 대한 믿음이 흐트러지지 않을 것을 믿고 비록 작고 볼품없는 체구지만 나는 그의 편협되지 않은 여유와 깊은 신앙을 존경한다.

지나온 우리의 삶을 되돌아보면 시시때때로 하나님 돌보심이 어느 한순간도 무한한 사랑의 손길을 느끼지 않을 때가 없었다.

나는 성경 창세기 천지창조의 대서사시를 읽으며 하나님께서 작곡하신 천지가 뒤흔들리는 크고 장엄한 음악을 듣는 듯하다. 혼미한 상태에서 웅장하게 펼쳐지는 창조ㆍ질서 앞에 누가 감히 도전할 수 있으랴?

(2018. 11.)

내가 사는 이유

사는데 이유가 있나? 살아있으니까 사는 것이지.

친구들이 모여 이젠 누가 먼저 떠나야 될지 모르니 남편도 홀로 설 수 있도록 준비를 해야 된다고 떠들어댄다. 자식들에게 기대어 개밥에 도토리 신세가 되는 것보다는 라면이라도 손수 끓여 먹으며 혼자 지내는 것이 편할 것이니 가사교육을 시켜 보아야 한다고 했다.

"그래 맞아." 크게 동정어린 마음으로 모두 박수를 친다.

그 후 교육결과를 발표하는 자리에서 평소에 잘 도와 준 친구들 남편은 인정을 했지만 나같이 주변머리 없어 평생 주걱자루 쥐고 있는 친구, "죽은 후까지 걱정 말고 살아있을 때 똑바로 하라우."라는 남편의 말씀…. 매정스러운 양반. 그 친구 "인정머리 없는 영감탱이 같으니."라고 투덜댄다.

결과는 남편 부려보려는 술책은 도루아미타불….

우리 영감님 내 삼십대 초반 유산이 되었을 때 딱 한 번밖에는 밥을 했던 기억이 없다. 늘그막에 가끔 설거지 도와주는 것도 황공무지로소이다.

자기가 먼저 죽으면 되지 할 일 없으면 낮잠이나 자라는 식이다. 사람이 언제 어떤 모양으로 처할지 누가 알랴. 농부는 죽을 때 논두렁 베고, 밥순이는 주걱자루 붙들고 죽는 것이 가장 잘 죽는 것이란다.

팔, 다리, 허리, 무릎 질질 끌고 다니며 해주는 음식 내 손맛에 길들여진 남편, 쓰거나 달거나 된장찌개 하나라도 엄지손가락 치켜세워 최고라고?

정말 맛있어 하는 말인지 모르지만 밥투정보다는 듣기가 낫다. 그 맛에 코가 땅에 닿도록 꼬부라져도 건강하게만 살아 주길 바라며 주걱자루 움켜쥐고 놓지 못하는 것이 내가 살고 있는 현실이다.

(2018. 12.)

눈

며칠 전 새벽부터 함박 같은 첫눈이 펑펑 쏟아져 금방 온 천지가 은빛 세상이 되었다. 새 옷을 갈아입은 듯 신선하고 깨끗하여 좋다. 눈 구경을 못하는 손자들한테 크리스마스 선물을 준비했다.

소복소복 내린 눈이 소나무, 주목 가지마다 휘어지도록 얹혀 있는 탐스러운 눈꽃송이를 스마트폰에 담았다.

현관 앞에서부터 쌓인 눈을 제설차가 닿는 큰길까지 고무래로 밀어가면서 치웠다. 남편의 차 운행 때문에 눈이 녹아내리기를 기다릴 수도 없고, 얼어붙으면 더 위험하여 치우고 나니 성치 못한 어깨가 통증이 더 심해졌지만 마음은 편하다.

엊그제 중국 서북쪽에 황색 눈이 많이 와 비행기가 결항되는 사태까지 벌어졌다고 한다. 황사 때문에 고통을 겪고 있느데 이제는 흙눈까지 내리다니 우리나라에도 언제 이런 상황이 벌어질지 모를 일이다. 차 위에 쌓인 눈이 흡사 초콜릿을 발라 놓은 케잌 같다.

중국에서 시작된 황사들은 우리나라로 유입되어 겨울, 봄철에는 더욱 심하여 마스크 없이는 외출하기가 어렵다. 비가 온 다음날 우리 집 장독대 항아리 뚜껑에도 흙을 뿌린 것처럼 누렇게 되었다. 지난겨울 동계 올림픽 때 북한에서 온 사람들이 남한에는 웬 마스크를 쓴 사람들이 그렇게 많으냐고 물었다고 했다. 북한엔 황사가 없을까? 아니면 모르고 사는지….

언제인가 미국에서 사위가 출장을 왔을 때, 왜 이렇게 항상 안개가 끼어 있느냐고 묻기에 공해라고 하니 너무 놀란다. 굴뚝같은 매연 속을 피하여 철원에 와 살며 공기는 조금 났다지만 황사에는 대책이 없기는 마찬가지다.

때로는 공해 없는 따뜻한 나라, 자식들 곁으로 가고 싶은 생각도 있었다. 낯설고 말귀 못 알아들어 반벙어리처럼 사는 것보다 공해 속이지만 자유롭게 말하고 듣는 것이 편한 내 나라만 한 데가 또 어디 있을까? 살면 얼마나 더 산다고…. 서북풍이 불면 중국에서 황사가 오고 남동풍이 불어오면 하늘이 맑다.

금년 겨울엔 하늘이 맑아지는 바람만 불어 왔으면 좋겠다.
철원이 제일 기온이 낮아 춥다고 방송이 될 때마다 자식들,
친인척들이 얼어 죽는 줄 알고 수시로 안부 전화다.

금년 겨울 극심한 한파가 온다는데 늙은이들 허리가 더 꼬
부라지겠다. 코 열어놓고 숨 쉴 수 있다면 흰 눈이 집채같이
쌓여도 좋다.

느티나무 그늘아래

내 일생에서 사는 동안 큰 느티나무 같은 언니가 한 분 계시다. 어렸을 때부터 동생들의 머리도 예쁘게 깎아주시고 교복(동복·하복)도 손수 만들어 주셨던 솜씨 좋은 언니였다.

6·25사변 격동기 시절 집안의 위기를 벗어나게 했던 언니, 어린 시절 우린 참으로 아름다운 산골마을에서 살았다. 봄이면 논두렁에서 우렁이를 건져내고 앞뒤 산에 흐드러지게 피어난 진달래꽃을 꺾으러 다녔다.

멀리 푸르름이 일렁이는 보리밭을 바라보고 꾀꼬리가 날마다 날던 정서어린 마을, 골짜기마다 구름같이 찔레꽃 피어나고 꽃향기가 가득했던 마을, 소녀의 마음을 설레게 했던 나의 고향!

6·25사변은 이 아름답던 평화의 마을을 피로 얼룩지게 했

다. 해방 직후 서울에서 한 신사가 이웃에 와 살았다. 6·25 사변이 터지자 그의 정체가 드러났다. 그는 공산주의 사상범으로 피신해서 산 것이다. 그의 활동무대가 펼쳐지고 민청위원장으로 등극했다. 온 동네가 뒤집어졌다. 머슴들이 활개치고 당시 천민으로 살던 사람들이 서슬 퍼렇게 달려들었다. 밥술이나 먹고살던 사람들은 초죽음이 되어 피해 다니기 급급했다. 수시로 궐기대회가 열리고 인민재판이 열리는 날은 죽도록 매를 맞는 날이었다.

아버지 3형제분도 피해 다니기에 여념이 없었고 산속으로, 친척집으로 숨어 다니셨다. 수시로 집안 곳곳을 뒤져 몰수해갔다. 숙청의 대상 1호이셨던 큰아버지. 언니는 자기 몸을 던져 자신의 아버지를 살려낼 결심을 했다. 민청위원장(청년)을 찾아갔다.

"내 아버지를 살려달라. 네가 원하면 너와 결혼도 마다 않겠다."

그 당시 언니는 미인이셨고 모든 사람들의 선망의 대상으로 그 청년과는 가당치도 않았다. 그도 언니에게 다른 약속을 해 달라했다.

"만약 세상이 뒤집히거든 네가 증인대에 서서 나를 살려내

달라."

언니 덕에 큰아버지는 위기를 무사히 넘기셨다. 그 후 9·28 수복 후 언니가 증인대에 설 새도 없이 그는 끌려가 형장의 이슬로 사라졌다. 물론 결혼도 안했고 그를 살려 내지도 못했다. 70세가 훨씬 지난 어느 날 언니가 "항상 빚진 마음이다. 그 사람에게 미안하다."라면서 긴 이야기를 들려주셨다.

언니는 서울대 의대를 나오신 지금의 형부와 결혼을 하셨고 형부는 서울대 의대에서 소아과 신경계통의 교수로 평생을 가르치고 명의로 많은 업적을 남기고 은퇴하셨다.

언니 주변에 여러 사람들이 손을 내밀어 아픈 사람, 돈 없는 사람들이 시시때때로 비벼댔다. 사정을 다 들어주다 보면 괴로운 일도 많았다. 여기에 나도 한몫했다. 형부는 평생 우리 가정의 주치의로 한 푼 안 받고 진료를 해 주셨다. 한때는 집도 빌려 주셔서 편히 살았다.

수년 전 우리 큰아들이 머리가 많이 아파 직장도 쉬어야 할 때가 있었다. 종합병원 진료와 치료도 신통치 않아 아들은 많이 고통스러워했다. 우리도 미국에 있을 때여서 형부께 진료를 부탁했고 형부의 명쾌한 진단으로 호전되어 회복되었다.

며칠 전 언니 집에 들렀다. 평생에 신세진 것 감사하다고 말씀드렸다. 형부께서 우리 큰아들이 하루는 얼굴이 일그러져와 아픔을 호소했는데 진찰을 해보니 3차 신경통으로 잘 낫지 않는 병이었다고 한다. 형부의 명쾌한 처방으로 3일 만에 회복이 되었는데 소아신경을 연구하신 형부가 그때 간질약을 썼다고 한다.

간질병을 앓는 사람에게는 그 약은 평생을 써야 하지만 일시적으로 고장 난 아들에게는 그 약이 적중해서 깨끗이 치료가 되었다고 말씀하셨다. 아들이 3일 후 누렇게 잘 익은 배 한 상자를 가지고 환한 얼굴로 "이모부 감사합니다."라며 찾아왔을 때 참 보람을 느꼈으며 기뻤다고 큰아들과의 일화를 들려주셨다.

동구 밖 느티나무에는 언제나 참새 떼가 짹짹거리며 깃들이고 지나는 행인들이 쉬어 가도록 푸근한 그늘을 만든다.

모든 사람들이 어렵고 힘들 때 다 쉬어가게 하셨던 느티나무 같으신 두 분. 귀한 삶의 철학으로 우리를 늘 풍요롭게 깨우쳐 주시고 쉬게 하셨다.

최근엔 인생의 정년이 120세라는데 오래오래 사시면서 수백 년을 사는 나무처럼 정정하게 사시기를 바랍니다.

(2018.)

도둑 잡는 선생님

　50여 년 전 어느 섣달그믐 낮 시간에 '도둑이야!' 도둑 잡으라는 고함소리에 밖이 몹시 소란스러웠다. 참으로 끼니 때우기조차 힘든 시절이었다. 마침 빨래터에 갔다 돌아온 어느 여인(빈촌)의 언덕 집에 도둑이 든 것이다.

　마침 나의 남편이 외출하고 돌아오는 길에 이 광경을 목격하고 도둑을 쫓아가서 잡았다. 무서워 문도 잠근 채 밖의 동정을 살피는데 옆집 아줌마가 소리쳤다. "아저씨가 도둑과 결투를 해요." 애를 들쳐 업고 뛰어나가 도둑의 한 팔을 꽉 잡고 남편에게 힘을 보탰다. 사람들이 집집에서 몰려나왔다. 겁이 나는지 거드는 사람이 없다. 신고를 하고 경찰이 와서 수갑을 채워 데리고 갔다.

　남편에게 점심을 차려주고 나니 키가 큰 그 도둑이 마음에 걸렸다.

"여보, 잘못한 것 같아요. 데리고 들어와 밥도 먹이고 쌀말이나 주어 보낼 걸. 섣달그믐에 오죽 답답했으면 도둑질을 그것도 빈촌, 그 빈집털이를 했을까요."

명절은 돌아오고 그의 아픈 마음과 가족들의 어려움을 헤아려 보았다.

도둑은 도적이야 소리쳐도 도망갈 생각은 않고 슬슬 걸어 나오더라는 것이다. 얼마나 사람을 깔본 처사냐, 대낮에 도적질하고도 뻔뻔한 모습에 남편이 분개해서 그를 붙잡았다고 했다.

제2의 도둑 이야기

큰아들 백일 무렵 우리는 고대 앞에서 살았다. 한집에 세들어 사는 학생 자취방에 대낮에 도둑이 들었다. 점심식사를 하려고 집에 온 학생, 웬 낯선 남자가 자기 옷장을 뒤지고 있었다.

"거기서 뭐해요?"라는 말에 도둑은 튀어 도망쳤고 너무 놀란 학생이 도움을 요청한다. 남편이 튀는 도둑을 쫓아 막다른 골목에서 담벼락으로 기어오르는 도둑의 외투자락을 잡아당기자 벗어던졌다. 바지를 잡으니 여유 있는 도둑이 "바지 벗겨져요 놔요." 했다면서 남편은 "그놈 참 여유가 대단해." 했다. 도둑은 달아나고 외투를 가지고 파출소에 갖다 주었다. 얼마 후에 도둑이 잡혔으니 와서 확인하란다.

어느 신혼부부가 사는 집에 점심식사를 하는데 부엌 천장이 허술했던지 요란한 소리가 나며 무너져 내렸다. 담벼락을 타고 오르던 도둑이 지붕 위로 올라가 달아나다 허술한 부엌 지붕을 밟는 바람에 내려앉은 것이다. 갑자기 부엌에 낯선 젊은 사람이 서 있다. 너무 놀란 새색시는 파랗게 질려있고 용감한 새신랑이 "어! 저놈 도둑 아냐?" 억세게 재수가 없던 도둑은 잡혀서 파출소로 넘겨졌다.

젊은 청년이 매를 맞았는지 눈은 부어있고 입술이 터진 채 의자에 묶여 있었다. 보기 싫었다. 왜 멀쩡한 사람이 그렇게 할 짓이 없어 대낮에 도둑질하여 감옥살이하고, 그의 일생에 지울 수 없는 얼룩을 만들었을까.

막내아들이 강릉 아산병원에 인턴으로 파견 나가 일할 때 잠시 들렀다. 병원 앞에 펼쳐진 감자밭에 이삭이 어찌나 많던지 한 가마니는 주워 가지고 왔다. 오면서 당근 밭에 상품 가치가 없어 버린 당근이 널려있다. 부지런하면 얼마든지 살 길이 있는데 왜 도적질을 할까?

젊었던 시절의 남편은 패기가 대단했다.

자식들이 남편 팔순 축하잔치를 한다기에 그 옛날 일들이 흑백영화를 보는 것같이 떠올라 잠시 그려보았다.

(2015. 5.)

머리 없는 정신

"여보 여기 놓은 내 지갑 어디다 치웠우?"

안경은 어디 갔지, 차 열쇠는…. 찾고 또 찾고 갈수록 찾다가 진이 다 빠진다. 무엇이든 잘 둔 것은 더더욱 찾기가 어렵다. "내 정신머리가 요새 어디 갔는지 못 찾겠어요."

며칠 동안 지갑의 행방이 묘연하다. 온 집 안 있을만한 곳을 다 뒤져봐도 없다.

"분명히 여기 놓았었는데 참 귀신 곡할 노릇이네."

"그 귀신 한두 번 곡을 했나요."

지갑 속에 모든 신분증이 들어 있어 잠시도 움직이기 곤란하다. 우선 은행에 가서 카드부터 정지하고 최근 사용했던 곳을 다니며 문의해 봐도 본 일 없단다. 돌아서는 내 뒤통수만 뜨듯하다.

제자리에 잘 두었다가도 옷을 갈아입고 가방 바꾸어 들면 문제가 생긴다. 우리 부부 머리 없는 정신 가지고 산 지 오래다. 그래도 내가 조금 난 듯한데 요즘은 거기서 거기다. 속회 예배를 드리러 갈 시간인데 돈이 없다. 친구한테 빌려 헌금을 하고 집에 돌아와 온 집안을 뒤집어서라도 찾아보려고 남편 가방부터 열었다. 옆 주머니 수첩 뒤에 지갑이 있다. 남편이 열 번도 더 뒤져 보았다는 그곳에….

"당신은 찾는데 도사야."

"당신은 잃어버리는 도사구요."

"여보 카드 없애면 안 될까?"

"그래도 카드가 있어야 편하지."

요즘 들어 더 깜빡깜빡 하는 횟수가 많아진다.

치매를 향해 한 발 한 발 다가서는 것 같아 걱정스럽다.

치매는 한 번 오면 회복이 어렵다고 한다. 예방이 중요하다는데 정보가 너무 많아 헷갈려 무엇을 해야 될지 모르겠다. 우선 주변정리부터 해야겠다. 수십 년 손때 묻어 아까워 쌓아 놓은 구지레한 살림도구들 금년 다 가기 전에 버리고 간편하게 살고 싶다.

내 도망간 정신머리를 찾는 길은 어디에 있을까? 시골 갔다가 마침 오일장이 서는 날이다. 호두를 한보따리 사왔다. 치매 예방에 도움이 되는 것이라는데 부지런히 먹어보자. 은행에 가서 카드를 살리며 미안하다고 했다.

요즘은 나이 젊은 사람들도 그런다고 위로를 해준다.

미세먼지

세상에서 가장 작다는 알갱이, 네 정체는 무엇이냐?
하루 종일 태양도 가두어 놓고
전국이 네 속에 갇혀서 숨도 못 쉬게 만드는
너는 참 재주도 좋다
우리는 지금 너 때문에 심한 몸살을 앓고 있다.
사람들의 눈, 코, 입, 다 막아놓고 어쩌자는 것이냐?
우리 두 늙은이도 오늘은 네 극성 때문에
방구석에 틀어박혀 현관문도 열어보지도 못하고 있다
너는 사람 몸에 들어오면 혈관 타고 다니며
구석구석 붙어서 호흡기 질환, 심근경색,
암세포까지 만든다고…
핵물질보다 더 무서운 놈이구나

사람의 생명을 그렇게 노리는 너는
도대체 어디서 온 놈이냐?
중국에 공장을 세워놓고
많은 물건들을 만들게 한 우리가
죗값을 단단히 치르는 것 같다
'메이드인 차이나'
미국에서 물건을 사보고 우리나라에서 사 봐도
거의가 중국에서 만든 물건들이다
공해 따위는 거리가 먼 중국 사람들의 상술,
세워진 공장 굴뚝이 높아질수록
우리의 숨통이 더 조여진다
날이 갈수록 더욱 심각하니 큰일이다
온통, 나라 안팎이 미세먼지에 둘러싸여
온 국민이 숨 막혀 죽겠다.

어느 나라에서는 인공으로 비구름을 만들어 씻어 내리기
도 했다는데 우리도 서둘러 인공강우를 만들어 하루라도 빨
리 이 미세먼지를 씻어내려야 하는데 매일 밀려온 먼지는 온
국토를 뒤덮고 있다. 이것이 하루 이틀에 쏟아지게 하는 간

단한 것도 아니고 기다리다 우리나라 사람들 다 병들게 생겼다.

이제는 현상금이라도 걸어놓고 너희들 삽는 소탕 작전이라도 펼쳐야겠다. 마음 같아서는 온 나라에 있는 선풍기 다 모아다가 서해바다 앞에서 중국을 향해 돌려댔으면 좋겠다.

피할 수 없으면 싸우기라도 하라고 했다. 우선 몸속으로 들어온 놈들부터 쫓아내는 일이다.

미지근한 물 많이 마시고 해조류, 브로콜리, 마늘, 미나리, 도토리묵, 녹차, 배, 도라지, 삼겹살 등…

이러한 것들이 해독이 된다하니 열심히 먹고 몸 밖으로 몰아내자. 앞으로는 노지에서 재배한 야채도 미세먼지 물질이 감염되어 좋지 않다고 한다. 전 국토를 비닐하우스를 만들어야 될 판이다. 전 국민이 미세먼지에 갇혀 숨 쉬고 살기도 어렵게 생겼구나.

결국은 작은 알갱이한테 무릎 꿇고 종말을 맞는 날이 오는 것 아닌가? 중국 산업 발달 등살에 우리만 떼 주검 당하게 생겼다. 너도 메이드인 차이나 우리에겐 쓸모가 없다.

봄나들이

연일 황사가 덮어씌우고 눈발이 심술을 부려도 봄바람에 끌려 언 땅속에서도 새싹들이 파릇하게 올라왔다.

오랜만에 황사 걷힌 날씨가 쾌청하다. 정 선생님과 함께한 봄나들이, 아직은 품안으로 스치는 바람이 차다.

대포 소리도 멎은 한적한 철원평야, 끝없이 펼쳐진 지평선, 겨우내 움츠렸던 가슴이 뻥 뚫리는 것 같아 시원하다.

넓은 들판을 가로지른 찻길이 끝까지 반듯하게 잘 뚫려 있다. 오덕리, 철책선 앞 정연리, 언덕 철교까지 금강산을 향해 달리던 녹슨 철길 따라 역사의 흔적들을 보면서 봄 마중을 갔다.

까마귀 수백 마리가 떼를 지어 논배미에서 먹이를 찾는다. 아마 청정지역이라 먹을 것이 많은 모양이다. 철원평야가 이렇게 넓은 땅이라는 것은 상상도 못했다.

철원 사람들은 참 부자다. 이 땅을 누가 다 농사를 짓고 그 많은 곡식을 어떻게 다 소비할까 궁금하다. 철원 지방에 큼지막한 정미소가 많은 이유를 이제야 알 것 같다.

멀리 북에서부터 흘러오는 한탄강 줄기 굽이굽이 돌아 흐르는 강 주변으로 경치가 참으로 아름답다. 철교 밑으로 흐르는 물이 어찌나 맑은지 물속에 옥이라도 깔아 놓은 듯 푸른 빛이다.

북한 물은 철책선도, 경비초소도 무사통과, 아무런 증명도 없이 잘도 흘러 내려온다. 강가에 내려가 이북에서 온 물맛은 어떤 맛일까? 손으로 한 줌 움켜서 맛을 보고 싶었다.

정연리 마지막 언덕에 오르니, 녹슨 철교가 눈에 띈다. 철교 위에 침목을 깔아 놓아 몇 발짝 걸어 보고 기념사진도 찍었다. 언제 다시 이 철교가 이어져 금강산 구경을 갈 수 있을까? 기차가 곧 기적소리를 내며 역을 향해 달려와 곧 사람들이 금강산 이야기를 들려줄 것만 같다.

언덕에 십자가가 높다랗게 세워진 교회가 있다. 해마다 크리스마스트리가 휘황찬란했던 교회, 텔레비전에서 보던 것보다는 초라하다.

언덕에 올라 멀리 바라다 보이는 경관이 너무 평화롭다.

이 땅이 완전히 하나가 되는 날은 언제일까? 생각 없이 그려 놓았다는 경계, 뜻도 모르고 헤어진 그 세월이 얼마인가!

얼마나 더 억울한 사람을 만들고 큰 권력을 거머쥐어야 직성이 풀릴지 아직도 네편 내편 권력 욕구에 모두 눈이 멀었다.

저수조

당신들은 듣는가?

너무나 억울하게 죽어간 저들의 아픈 영혼의 신음 소리를 … 이곳은 일제강점기 시절 일본 사람들이 철원 사람들에게 물을 공급하기 위해 만든 물탱크라고 한다.

후에 삼백여 명의 사람들이 생매장이 되는 장소가 될 줄 뉘 알았으랴. 6·25 당시 많은 억울한 영혼들의 한이 서린 곳. 높다란 언덕에 깊고 넓은 지하실, 속안을 들여다보니 으스스하니 음산하다. 어느 외국인 조종사는 배가 고파 이 물탱크에서 물 없이 미숫가루를 급히 먹다가 기도가 막혀 죽었다는데 참 기막힌 이야기다.

정 선생님은 때때로 혼자서 찾아가 그 영혼들을 위로하느라 제물을 준비해 가지고 가서 위로제를 지낸다고 한다.

'안녕하세요? 오늘은 빈손으로 왔네요.'

탱크 안을 들여다보며 살아 있는 사람과 대화하듯 친숙해 보인다. 그 억울한 영혼들이 그곳에 있든지 없든지 그 정성에 마음이 숙연해진다

정 선생님이 시작한 소이산 정상 통일 조약돌 쌓기. 매일같이 산을 오르며 돌에 사인을 하여 모아놓고 있단다. 산에 오른 많은 사람들. 그 마음들이 모아져 언젠가는 큰 탑이 되고 하늘이 움직이는 날이 올 것이라고. 생각이 확고하다. 우리는 다음 기회로 미루고 오르지 못했다.

아담한 카페에 들러 한국 역사 이야기에 정담을 나누었다.

동송에서 점심 식사는 두부정식, 담백한 맛과 유난히 빛깔이 빨간 태양초 고추장이 정갈하다. 저녁식사는 관인에서 도토리 칼국수, 따끈하고 구수한 국물 맛이 일품이었다.

바쁘신 정 선생님, 장시간 소중한 시간을 내주셔서 행복한 봄나들이 할 수 있어 감사했다.

(2019. 3.)

얇아진 귀

젊은 시절에는 아무리 좋다고 해도 귓등으로 넘기던 것도 늙으면 귀가 여려서 솔깃하다.

얼마 전 사실인지는 알 수 없으나 정부가 국민들 건강을 위하여 방송 매체를 통하여 건강 정보를 더 많이 방영하면 어떻겠느냐는 권고가 있었다고 한다.

최근 들어 각 방송 채널마다 건강에 대한 프로가 많아지고 사람들이 건강에 대한 관심으로 서로 새로운 정보를 나누게 된다. 전문 의료진들이 모든 질환마다 알기 쉽게 설명을 하고 환자들이 지킬 수 있는 부분까지 자세히 들려준다. 사례자들이 함께 출연하여 특정한 식품이나 건강식품들을 통하여 치료된 모습을 보여주기도 한다.

수입 개방이 되면서 이름도 생소한 열대, 아열대 식물, 잎과 열매들이 명약으로 많이 등장한다. 보스웰리아, 노니, 사차인치, 스피룰리나….

너무나 많다. 한 번 방송 매개체를 타면 무엇이든지 그 효력이 급물살을 타고 특효약으로 둔갑하여 시장바닥에 쏟아져 나온다.

장사꾼들은 제품 광고라도 하려고 나온 사람처럼 만병통치약으로 부풀려 처음 들을 때보다 훨씬 더 효력이 좋은 것으로 선전을 한다. 아픈 사람들은 지푸라기라도 좋다고 하면 잡고 싶은 심정이다.

우리나라에는 민간요법의 처방전이 참 많다.

암, 고혈압, 당뇨, 심혈관 질환, 특히 만성질환에 좋은 약이 왜 그렇게 많은지…. 간이 안 좋은 사람에게는 굼벵이, 지렁이까지 생각만 해도 속이 울렁거린다. 나도 수년간 무릎 관절염 관계로 열 발짝도 제대로 못 걸었다.

수술이 무서워 이것저것 생체실험을 해보는 심정으로 먹어 보았지만 내게 맞지 않았던지 심한 부작용으로 고생하였고 결국 수술을 하고 걷게 되었다.

남편의 지병인 당뇨병에는 좋은 것이 너무나 많다. 사십여 년 동안 해당화 뿌리부터 시작하여 닭의장풀 등 사람이 먹지 못하는 것들이 왜 그렇게 좋다는 약으로 소개가 되는지….

당뇨가 있다하면 고맙게도 모두 의사가 되어 뭐가 좋고 뭐가 좋다고 열심히 권한다. 거듭되는 수많은 시행착오를 겪으면서 이제는 내가 반 의사가 되었다.

정기적인 검진, 그에 따른 진료와 처방, 내 고장에서 나는 신선한 먹거리보다 더 좋은 명약은 없다고 생각한다. 적당하게 골고루 섭취하는 것이 남편 당뇨병을 관리하는 내가 낸 처방이다.

채널마다 전문 의료진들이 나와서 의료에 대한 이야기를 하며 정보를 준다. 아무리 좋은 약일지라도 사람에 따라 효과가 다를 수 있다. 아픈 사람들이 나와 같이 귀가 여려 무조건 따르다가 치료시기를 놓칠 수도 있다. 좀 더 정확한 정보와 건강식품 광고 업체 같은 느낌이 안 들게 했으면 좋겠다.

(2019. 1.)

제일 먹고 싶었던 떡

호랑이가 담배 피던 시절 충청도 어느 시골마을 한겨울에 손님(천연두 또는 마마)이라는 돌림병이 온 동네에 퍼졌다. 걸렸다 하면 애기들은 살아남기가 어려웠다. 젖 먹던 애기들이 한겨울 동안에 대여섯 명이 죽어 나갔으니 얼마나 무서운 병이었나.

우리 동네 입구에는 '횡경내'라는 냇가가 있었다. 넓은 땅 주변에는 큰 버드나무 숲이 우거지고 천연두가 들어오지 못하게 돌림병으로 죽은 아기 시신을 매어 달았다는 전설이 있어 사람들의 발길이 뜸한 곳이기도 하였다.

덕대골이라는 산골짜기는 죽은 애기들만 묻어 놓고 여우가 시신을 파갈까 봐 돌을 쌓아 놓은 애장터가 있었다. 나는 어쩌다 그 산 밑을 지나게 되면 누가 뒤에서 옷을 잡아당기는 것 같아 무서워 있는 힘을 다해 뛰곤 했다.

집집마다 어미의 애끊는 통곡소리, 빨리던 젖이 퉁퉁 불어 애기 엄마들이 눈물을 흘리며 괴로워하던 모습이 어렴풋이 기억난다. 살아남은 아이들도 성질 급한 아이들은 얼굴에 돋아난 열꽃을 긁어서 딱지가 앉고 결국은 움푹 패여 얼굴이 읽어 평생을 곰보딱지라는 별명을 가지고 살게 되었다.

잘 모셔야 된다고 마마 또는 손님이라 부르며 장독간에다 정한수 떠놓고 잘 다녀가시라고 빌었다. 그래도 환자가 늘어나자 동네에 비상이 걸렸다. 사람들 의견이 떡해 놓고 빌어야 된다고 굿을 해야 된다는 결론이다.

공회당 앞마당에 굿판이 벌어졌다. 큼지막한 시루에 담긴, 김이 무럭무럭 나는 떡을 상에 놓고 고깔 쓴 무당이 북과 징을 치며 무슨 말인지는 모르나 떡 먹고 노염 풀고 안녕히 가시라는 제사였던 것 같다.

굿판 끝에 온 동네 구경꾼들이 모여 떡 잔치가 벌어졌다. 우두만큼이나 효력이 있었던지 '떡을 먹은 사람은 곰보가 안 된다.' 사람들이 그 떡을 먹어야 손님이 안 걸린다고 나누어 먹었던 것 같다.

나는 어린 마음에 곰보딱지가 될까봐 그 떡 좀 얻어먹어

보려고 기웃거려 보았지만 추운 데서 떨다가 한 조각도 못 얻어먹고 집으로 왔다. 내 어머니는 그런 곳에는 발그림자도 안 내미시는 분이라 그곳에 갔었다고 히면 혼날까봐 말도 못 했다.

보통학교 들어가기 전 내 나이 예닐곱 살쯤이나 되었을까? 겁쟁이 계집애는 후에 천연두 예방접종을 하며 그 떡 한 조각만 먹었더라도 이 우두라는 것을 안 맞아도 되었을 텐데….

팔뚝에 움푹 파였던 우두자국이 아직도 엷게 남아있다. 지금은 그 병균이 이 지구상에 없어졌다는 말도 있다. 어찌나 먹고 싶었던 떡이었던지 김이 모락모락 나는 누르스름한 그 떡이 지금도 눈앞에 선하다 .

(2019. 1.)

청정지역 파리 모기

폭염 열대야 속에 시달려 자정이 되어서야 겨우 잠이 들었다.

"앗! 따가워!"

잠결에 다리를 후벼 파도록 긁어도 가려워 잠이 깼다. 파리채를 들고 귓전에서 '앵' 하는 소리를 쫓아 헛손질 몇 번 끝에 모기를 때려잡았다. 내 피가 모기 속에서 소화도 안 된 채 빨갛게 터져 나왔다.

어렵사리 눈을 붙이려는데 창살이 훤해지며 얼굴이 근질근질, 화가 치밀어 벌떡 일어나 파리채를 들고 시이소 게임을 벌였다. 어느새 천장에 달라붙어 꼼짝도 않는다,

내 허락도 없이 헌혈을 강요했던 놈은 잡아 시원하구만 약 올린 저놈의 파리 어떻게 잡을까?

잠을 잤는지 밤샘을 한 것인지 머리가 띵하니 개운치 않다.

차려 놓은 아침 밥상에, 그 녀석 같은 놈이 먼저 와 시식을 한다. 앞발을 싹싹 비벼대면서 용서해 달라고 빌고 있는 것을 끝까지 쫓아가서 후려쳤다. 파리 목숨이라더니 한순간에 사라진 목숨, 파리 모기 소탕작전에 진이 빠져 숟가락질도 힘이 든다.

"뭘 그렇게 난리야 같이 나누어 먹으면서 살지. 가려우면 긁고 덤비면 쫓아내면 되지."

남편은 천둥 치고 벼락 쳐도 한번 잠들면 모르고 자는 무딘 사람, 모기 뜯기고 파리 기어 근질거려도 잠 하고는 아무 상관이 없다.

"당신은 난리가 나서 굿을 한다 해도 밤새껏 푹 잘 수 있으니 부처님 반 토막 같은 말만 하지요."

벌겋게 부어오른 다리에 바르라고 연고를 내민다.

물것에 예민한 내 피부는 한 번 물리면 며칠을 피가 나도록 긁는다. 남편은 피부가 부푼 것을 별로 본 일이 없다.

철통같이 쳐놓은 방충망도 비집고 들어오는 놈한테는 당해낼 수가 없다.

언젠가 서울에 갔더니 차 속에 파리를 본 막내아들이 농담을 한다.

"청정지역에서 오신 분, 무공해 파리잖아. 잘 모셔야 되겠네."

맑은 공기 친환경 찾아온 동네, 파리 모기 부대끼며 사는 여기가 진짜 청정지역인가?

(2018. 8.)

통일 바람을 타고

요즘 우리 동네에 낯선 차들이 자주 들락거린다. 우르르 몰려와 여기 살기 좋으냐? 난방은? 물 사정은? 시시콜콜 질문을 쏟아낸다.

거세게 불어닥친 통일 바람 타고 발 빠른 땅투기꾼이 제일 먼저 찾아 왔다. 땅값이 풍선처럼 부풀어 오르고 갑자기 철원 사람들이 떼 부자가 될 것 같다.

우리 집 바로 옆 밭에도 새주인이 나타났다.

어느 날 축대 밑에 말뚝이 박혀 있고 마당 끝자락 소나무 밭도, 정화조가 묻혀 있는 땅도 모두 새 주인 것이란다. 우리가 구입할 때 잘 아는 사람이 소개를 하였기에 믿고 측량도 안 하고 샀더니 이런 상태가 되었다.

십여 년 가까이 남의 땅에 똥오줌 누어가며 남의 소나무

밭에 평상을 깔아 놓고 호강을 하였구나.

건강 찾아 이곳에 온 지 십여 년, 산과 들 이웃들도 정이 들어가는데 또 새로운 이웃도 우리 같은 계획으로 이곳을 구입한 것 같은데 이해타산이 주판알 같아 겁부터 앞선다. 머지않아 정화조가 파 뒤집어지고 소나무가 베어나가는 공사판이 벌어질 모양이다. 군청 민원실도 찾아가 보고 여기저기 도움이 될 만한 곳에 문의해 봐도 새로운 주인의 우선권 외엔 대책이 없단다.

우리 집은 주거지역이 아니라 군사시설 보호지역이라 주택의 일조권 문제도 오십 센티 거리만 떼어 놓고 지으면 이층 삼층도 관계가 없다며 꼼꼼하게 짚어 보지 않고 구입했던 우리의 실책으로 돌아올 뿐이다.

온 종일 햇볕이 들어 간장, 고추장 담아 퍼 돌리던 인심도 장독간이 가장 서늘한 곳이 될 것 같아 이제는 끝이 났다. 이곳을 떠날 때가 온 것 같다는 생각마저 든다.

오년 후 들어와 살 집 미리 지어 놓겠다고 화려한 꿈에 부푼 새로운 이웃에게 축하를 해 주지 못하는 내 꼬락서니가 왜 이렇게 초라하게만 느껴지는지…. 갑자기 불어닥친 회오리바람 같아 버틸 힘이 없구나.

오늘따라 남편의 어깨가 축 처져 보여 마음이 아프다. 한 살이라도 적은 내가 남편에게 조그만 힘이라도 실어 주고 싶은데 나는 몸과 마음이 너무 여려 밤잠을 설치고 혀가 깔깔하여 입맛조차 잃었다.

"여보 그래도 우리가 살 집은 남아 있으니 다행이지 않소."

언제나 모든 것을 긍정적으로 받아들이는 남편은 오히려 나를 다독거린다. 하나님께서 좋은 방향으로 해결해 주실 거라고….

요즘은 그날그날 버텨가며 사는 것도 힘이 부쳐 스치듯 지나는 미풍도 때로는 태풍처럼 느껴져 휘청거린다.

조용했던 동네에 소용돌이가 일어나고 이곳이 낯설게 느껴진다. 오히려 탱크 행렬 덜덜거릴 때가 조용했던 것 같구나. 누구를 위한 통일인지 정부나 사람들이나 너무 서두르는 것 같아 걱정부터 앞선다.

"오 주님이시어. 이 태풍이 내게서 훈풍이 되어 지나가게 하소서. 아무리 생각해도 통일이 이런 것은 아닌 것 같습니다."

(2018. 10.)

경춘공원

사후 우리 부부의 육체가 묻힐 경춘공원, 작년에 큰아들이 심혈을 기울여 마련해준 곳이다.

자등리 노인회에서 일일관광으로 속초 가는 길가에 '경춘 공원'이라는 안내판에 눈길이 갔다. 화장문화가 보편화되어 있는 이 시대에 뒤떨어진 엉뚱한 생각을 했다.

80고개 언덕에서 머지않아 우리에게 다가올 현실 앞에 매장을 고집해봤다. 평소에 그의 깊은 뜻으로 산 삶의 마감 단계에서 후루룩 한 줌의 재로 사라지기에는 많은 생각들과 아쉬움이 남아서이다. 비록 작은 체구지만 불의와 타협하지 않고 청렴을 바탕으로 한 평생을 일관하며 살았다.

사후 남은 육신이지만 고운 세마포에 고이고이 싸서 자연 상태로 되돌리고 싶은 욕망에서다. 남편은 때로 외롭고 쓸쓸

하고 아픈 상처를 싸매며 살아왔다. 혼탁한 사회 '좋은 게 좋지요'로 일관된 사회에서 비굴하지 않게 생수 같은 그의 뜻에 나는 비록 힘들었으나 남편은 위대한 삶을 살았다고 자부한다.

나는 가끔 심술도 부려보며 흙탕물도 튀겨보았지만 생수 같은 그의 곧은 신념은 흐려지는 법이 없었다. 이 시대에, 이 사회에, 교회에서 작게 아주 작은 힘이 미쳤을지라도 내 가정과 내 자식 앞에 그는 떳떳한 조상으로 자리매김되어 마땅히 한 가닥이라도 좋으니 그 뿌리가 이어지길 바라고 싶다.

남편은 누가 본다고 잘하고 안 본다고 아무렇게나 해치우는 사람이 아니다. 아주 작은 것 하나 하나 행동까지도 그랬다. 어두운 길을 걸을 때도 작은 돌부리에 채이면 다른 사람 다칠까 염려해 치우는 사람이다.

그의 생애를 통해서 수없는 제자들의 아픔을 자기 아픔처럼 함께 아파하고 해결해 주고 박봉 털어 학비로 마련해 주었던 주옥같은 그의 생애였다.

야유회 가는 길에서 잠시 생각을 했다.

백년 묵은 항아리에 담긴
삶의 노래를 듣는다

정 춘 근
시인

1.

이 세상은 작가가 글만 쓰고 살만한 여건이 되지 않는다. 그나마 대학에서 강의를 하는 자리라도 차고 있다면 다행이지만 실제로는 작가들이 여러 가지 일을 하고 산다. 나 또한 여러 가지 직업을 갖고 있는데 그 중에 하나가 세월을 잘못 만나 배움의 기회를 놓친 노인들을 가르치는 문해 교육과 거창하게 이름이 붙여진 '문예창작 강의'이다. 15년을 넘게 문해 교육을 하면서 할머니들에 "왜, 한글을 배우느냐" 물으면 대부분의 할머니들이 "지나온 세월이 하도 기가 막혀서 책 한 권 내고 싶어서…."라는 말을 많이 듣는다.

그러나 실제로 문해 교육과정을 거친 할머니들이 책을 내는 경우는 아주 드물다. 우선 글자는 익힐 수 있지만 정작 문장을 꾸미는 데는 만만치 않은 노력이 필요하기 때문이다. 그러나 그런 어려움을 이겨내고 문예창작 강좌를 들으면서 직접 시와 산문을 쓰는 노인들이 주변에 많이 늘어나고 있다. 강사 입장에서는 그런 분들이 써온 글을 읽으면서 인생의 참 의미를 느끼는 경우가 많아서 '솔직히 내가 더 많이 배운다.'고 생각하고 또 감사를 하는 마음이다. 이렇게 문예 교육과정을 거치지 않고 정말로 문학이 좋아서 글을 쓰는 사람들이 있는데 그 대표적인 사람이 채영순 작가이다.

채영순 작가의 경우에는 전문적으로 문학 공부를 하지 않고 누구의 지도를 받지 않고 혼자서 글을 쓰는 것을 좋아했던 사람이다. 이런 경우 문학적 기초가 부족하다고 착각을 하기 쉽지만 글을 읽어보면 독창적인 문학 세계를 구축하고 있는 실력이 차고 넘친다는 것을 누구나 공감을 하게 만든다. 이 결과가 만들어진 이면에는 다른 사람들이 쉽게 보고 넘기는 작은 이미지에게도 애정의 눈으로 살피는 따스한 시각을 갖고 있기 때문에 가능한 일이라는 판단이다. 즉 문학이라는 세상에서 기초는 '다른 사람들보다 많이 보고, 생각하고, 직접 쓰는 정성'이라는 것을 증명하고 있다. 그 아름다운 정성을 꼭꼭 눌러 쓴 편지 같은 글을 읽어 보면서 채영순 작가의 지난 삶을 어줍지 않게 서평이라는 이름을 빌려 이야기해 보고자 한다.

2.

채영순 작가의 문학적 기본 틀은 '모성애(母性愛)'로 읽혀진다. 우선 자녀들에 대해서는 헌신적인 어머니, 남편에게는 어머니 같은 모성, 주변 사물들에게도 친정어머니 같은 따스한 애정을 보이고 있는 것이 특징이다. 이 모성애의 시작은 아무래도 어머니에 대한 기억일 것이다. 따라서 이번 책의 작품 중에서 그것을 찾아서 읽어 보는 것은 채영순 작가의 문학의 뿌리를 파악하는 것이라는 생각으로 소개해 보고자 한다.

꺼져가는 호롱불/ 기름 채워 심지 돋우고/ 밤새워 치마저고리/ 곱게 곱게 지어 입히시던/ 어머님 손길/ 그 딸년/ 온갖 정성으로 키우셨는데/ 이제 폭삭 사그라들은/ 백발 할미 되었구나

              ― 〈영원히 꺼지지 않는 빛으로〉 一部

할머니 어머니 손맛이 짙게 담겨 있는 정이 서린 항아리/ 장독간에서 아마 백년 가까이/ 우리 집 대소사를 함께했을 것이다.// 친정어머니 돌아가시고 헛간 구석에 버려져 있어 마음에 걸려, 우리가 이곳으로 이사 오며 옮겨다 놓았다. 특별히 쓸모가 있어서가 아니라 그냥 어머니 쓰시던 것이라 갖고 싶었다. (중략)

아직도 어머니 손맛에 길들여진 나는 이른 봄에 가끔 장을 담는다. 미역국을 끓일 때도 집 간장을 넣어야 개운하고 된장찌개, 우거지 국도 집 된장으로 끓여야 구수하니 제 맛이 난다.

              ― 〈백년 묵은 항아리〉 一部

인용된 글은 채영순 작가와 어머니가 연결된 부분이다. '호롱불 아래서 치마를 지어서 자신에게 정성껏 입혔던 어머니'를 생각하면서 자신이 바로 그 나이가 되었음을 한탄하고 있다. 그렇다고 절망적이지 않는 것이 제목을 〈영원히 꺼지지 않는 빛으로〉로 정한 것이다. 즉 어머니의 사랑은 채영순 작가의 가슴에서는 영원히 꺼지지 않는 빛으로 남을 것이라는 존경심을 드러낸 것으로 읽혀진다. 그런 갸륵한 마음을 잘 익은 장맛을 느끼게 하는 것 같은 〈백년 묵은 항아리〉에서 잘 담아 놓고 있다. 요즘처럼 특별이 쓸모가 없으면 버리는 시대에 어머니의 손길, 정성이 담긴 것이라 가지고 싶은 마음 보관하고 싶은 생각은 어머니에 대한 그리움이었을 것이다. 그래서 어머니 손맛에 길들여진(어머니가 그리워지는 것으로 읽힘) 내가 이른 봄에 장을 담그면서 얼마나 어머니를 마음속으로 불렀을까 하는 생각이 자꾸만 들게 하는 작품이라는 생각이다. 그런 깊은 의미가 담긴 작품은 항아리에 대한 고마움을 느끼지 못하는 신세대들에게는 낯설게 다가서겠지만 소위 70-80 이전 세대들에게는 구수한 장맛이 느껴지는 작품이라는 판단이다.

그런 의미에서 작품집의 제목으로 정하게 되었다는 짐작을 하게 만든다. 채영순 작가에게는 어머니의 손때보다는 항아리의 곡선처럼 넉넉한 어머니의 체취와 호흡을 느낄 수 있는 추억의 비밀 저장소가 되지 않았을까 하는 상상을 하게 된다. 아쉬운 것은 작품 끝 부분에 항아리를 보관할 능력이 없어서 동생 집으로 이사를 할 생각을 하는 것은 또 한세대가 저물어 가는 것 같은 쓸쓸함이 보인다. 그럼에도 작가의 삶이나 정성이 담겨있는 秀作이라는 평을 내리지 않을 수 없다.

3.

채영순 작가의 부군의 직업은 선생님이었다. 지금은 교사에 대한 처우가 좋아졌지만 옛날에는 말 그대로 박봉의 연속이었다. 따라서 적당한 야합과 타협으로 살아가는 것이 처세술이고 능력으로 치부 되던 시절이었다. 이런 시기에 부군은 '씨알의 민중성, 창조성'을 정신으로 삼던 함석헌 옹을 추앙하며 지낼 정도로 올곧은 성격의 소유자였다. 그런 것은 다른 사람들에게는 존경의 대상이 되었겠지만 부인의 입장에서는 당장 생활고에 시달리는 원망의 대상도 되었을 것이다. 그러나 분명한 한 것은 孤掌難鳴(고장난명: 한 손바닥으로는 박수를 칠 수 없다)이라는 말이 있듯이 부군에 대한 믿음이 있었기 때문에 지금까지 해로를 할 수 있어 보인다. 부군의 성격을 묘사한 글을 소개해 보면 아래와 같다.

마침 빨래터에 갔다 돌아온 어느 여인(빈촌)의 언덕에 있는 집에 도둑이 든 것이다.

남편이 마침 외출하고 오는 길에 이 광경을 목격하고 도둑을 쫓아 잡은 것이다. (생략) 도둑은 도적이야 소리쳐도 도망갈 생각은 않고 슬슬 걸어 나오더라는 것이다. 얼마나 사람을 낄 본 치시냐, 대낮에 도적질하고도 뻔뻔한 모습에 남편이 분개해서 그랬다는 것이다.

– 〈도둑 잡는 선생님〉 一部

남편은 튀는 도둑을 쫓아가니 막다른 골목에서 남의 담벼락으로 기어오르는 것을 남편이 외투 자락을 잡자 벗어던진다. 바지를 잡으니 여유 있는 도둑 "바지 벗겨져요 놔요." 했다고 한다. 남편은 "그놈 참 여유가 대단해." 했다.
도둑은 달아나고 외투를 가지고 파출소에 갖다 주었다.

–〈제2의 도둑 이야기〉 一部

남편은 칼을 뺏을 방법을 탐색하며 과일을 깎아 먹게 칼을 빌려 달라 했다. 칼을 건네받아 쓰고는 접어서 주머니에 넣었다. 꺼내놓으라고 소리치며 가지고 있던 큰 막대기 같은 것으로 남편을 치려 했다.
"이놈, 선생님을 쳐? 당장 내려놓아라."
남편이 단호히 큰소리로 야단치니 수그러들었다.

–〈보고 싶었던 엄마〉 一部

위의 글에서 채영순 작가 부군의 성격이 잘 묘사되고 있다.

'도둑 이야기'에서는 '사람들은 무시하는 모습에 분개해서 덩치가 큰 도둑과 결투'를 하고 '제2의 도둑 이야기'에서는 '골목에까지 쫓아가고, 남의 담장을 넘어가는 도둑 외투와 바지를 벗겨서 파출소에 신고를 하는 용기 있는 시민'의 모습을 보여주고 있다. 다른 사람들이 무서워서 슬슬 피하는 일에 적극 나서는 남편을 둔 채영순 작가는 말리기는커녕 오히려 '도둑 잡는 선생님'에서 '애를 들쳐 업고 뛰어나가 도둑의 한 팔을 꽉 잡고 남편에게 힘을 보태는' 부창부수의 정신을 유감없이 보여주고 있어서 결국 천생연분이라는 것을 여실히 보여주고 있다. 그러면서도 채영순 작가의 부군은 '제자가 어려움에 빠졌을 때 적극 나섰고' 또 폭행을 당할 수 있는 위기에 빠졌을 때는 '이놈, 선생님을 쳐? 당장 내려 놓아라.'라고 야단을 칠 수 있는 당당함은 이 시대가 원하는 진정한 스승의 모습이었다고 할 수 있다.

그렇게 불의에 대해서는 한 발의 양보도 없었던 남편이 나이가 들면서 허술함을 보이는 것을 지켜보는 채영순 작가는 안타까운 모성애를 담은 글로 묘사를 하고 있어 세월의 무상함을 다음과 같이 묘사하고 있다.

우리 영감님 내 삼십대 초반 유산이 되었을 때 딱 한번밖에는 밥을 했던 기억이 없다. 늘그막에 가끔 설거지 도와주는 것도 황공무지로

소이다.   -〈내가 사는 이유〉 一部

"당신은 찾는데 도사야." / "당신은 잃어버리는 도시구요." / "여보 카드 없애면 안 될까?" / "그래도 카드가 있어야 편하지." / 요즘 들어더 깜빡깜빡 하는 횟수가 많아진다. 치매를 향해 한 발 한 발 다가서는 것 같아 걱정스럽다.   -〈머리 없는 정신〉 一部

뺑소니차가 좋아서 타는 것은 아니다. 어쩔 수 없이 타고 다니지만 마음이 조마조마 하다. 아마 내 마음 속을 사진으로 찍을 수 있다면 숯검정 같으리라. 다 타버리어 하얗게 스러지면 그때쯤 나는 하늘나라를 향해 하얀 재가 되어 훨훨 날아가리라. 잠시 동안이라도 남편의 인격에 조금도 금이 가는 것은 속상하다.

                                                          -〈뺑소니 차〉 一部

첫 번째 글은 젊은 시절 유산했을 남편이 밥을 해 준 것이 전부인데, 나이가 들면서 설거지를 도와주는 모습을 이야기 하고 있는데 기쁨보다는 당당한 남자의 모습이 사라지는 것에 대한 아쉬움이 보이는 듯하다. 두 번째로 인용된 글에서는 깜빡 하는 건망증을 사실적으로 표현하면서 남편이 치매로 발전하는 것에 대한 두려움을 걱정하고 있다. 마지막은 남편의 뺑소니 범으로 몰리는 과정을 소개하고 있는데 마지막에 '남편의 인격에 금이 가는 것 같아 속상하다'는 표현은 채영순 작가가 남편을 얼마나 아끼고 있는지를 증명하고 있다는 것을 독자들도 공감할 수 있는 구절이라는 생각이다.

4.

채영순 작가는 글을 쓰는 작가 이전에 자식들에게는 언제나 열려있는 엄마라는 바다이다. 대쪽 같은 남편의 교육 또한 엄격했을 것은 말을 하지 않아도 알 수 있다. 결국 자식들을 다정하게 포용하고 감정을 섬세하게 다독여 줄 수 있는 것은 채영순 작가의 몫일 것이다. 인간의 정서를 순화시켜 주는 글은 상상력의 산물이라고 하지만 실제로는 자신의 경험의 산물이다. 그런 의미에서 접근을 해 보면 엄마의 세계를 지배하는 경험은 자식에 대한 이야기가 중심일 것이다. 그렇지 않은 사람들이 있을 수 있지만 적어도 채영순 작가에게 자식은 삶의 전부라고 할 정도로 자부심이다. 그런 경험을 담은 글들이 여러 편이 있는데 소개해 보면 다음과 같다.

어느 날 방문을 잠그고 아이와 단 둘이 마주 앉았다. 나는 내 종아리를 피멍이 들도록 후려치면서 하나님께 기도했다.
"내 딸 현이는 착한 아이인데 엄마 잘못으로 거짓말을 하였습니다. 정말 현이는 착한사람입니다. 이 어미는 벌을 받아 마땅한 사람입니다."

매질은 계속되었고 아이는 놀라서 다시는 안하겠다고 울면서 나에게
매달렸다. 나는 딸을 껴안고 같이 울었다. 그 후 다시는 그런 일이
없었다. 하숙집 아줌마 생활도 삼년을 끝으로 접었다. 식구들의 뒷바
라지만 하고 살았다.   -〈아물지 않은 상처〉一部

하버드 박사님 빨간 가운 팔에는/ 세 검은줄 띠 박사님의 상징, 검은
우단 사각모/ 검고 긴 머리 위에 쓰고 보니 귀엽기도 하구나// 현주
야/ 수고했다 어린 몸 아무도 없는/ 이국땅 말도 음식도 설은 땅에
와서/ 이젠/ 네 고향같이 말도 사람들도 친숙해져/ 환한 네 모습이
고맙구나.   -〈딸의 박사 학위식〉 一部

〈아물지 않은 상처〉라는 작품은 채영순 작가의 아픔과 회한
이 서려 있으면서 이 시대 어머니가 어떻게 해야 하는지를 잘
보여주고 있다. 이야기를 하자면 남편의 박봉에 시달리던 채영
순 작가가 '월세에서 전세로 전전긍긍하던 때에 아이가 셋이라
면 일언지하에 거절당하여 셋방 구하기가 참으로 어려운 일'을
당하면서 '고려대학교 담벼락 밑에 전셋집을 구하여 하숙집 아
줌마 생활'을 해서라도 내 집 마련을 할 생각으로 나서게 됐다.
하숙집을 운영하면서 남편의 월급 90%를 저축을 하게 되는 알
토란같은 일이 벌어졌지만 자식 교육을 소홀히 하게 된다. 이

때 딸은 잘못된 버릇이 생겼고 그것을 고치기 위해 무던히 노력을 했지만 번번이 실패를 하자 채영순 작가는 딸 앞에서 자신의 종아리를 피멍이 들도록 후려치면서 "내 딸 현이는 착한 아이인데 엄마 잘못으로 거짓말을 하였습니다."라고 기도를 올리게 된다. 그 모습을 본 딸은 자신의 잘못을 인정하고 올바른 길을 가게 만들었지만 채영순 작가는 딸에 대한 미안함으로 '아물지 않은 상처'라는 제목으로 글을 쓰고 있다. 그런데 문제를 일으켰던 딸이 하버드 대학에서 박사 학위를 받았고 교수로 재직을 하고 있는 것을 〈아물지 않은 상처〉 말미에 설명 되어 있다. 그러나 채영순 작가는 이제 딸에게 미안해하지 않아도 될 것 같다. 오히려 자기 잘못 때문에 어머니가 자신의 종아리를 피멍이 맺히도록 후려치는 모습을 평생 잊지 않고 세상 못된 유혹에 빠지지 않게 지켜주는 평생 교훈이 될 것이기 때문이다. 이번 책 출판을 계기로 딸에 대한 미안함을 잊었으면 하는 바람이다.

5.

지금 세상은 시인이 2만 명이 넘는다고 한다. 여기에다가 수필가, 소설가, 동화작가 등을 생각해 보면 작가라는 이름을 달고 활동을 하는 숫자가 생각보다 많은 것은 사실이다. 이런 수많은 작가들이 나름대로 창작을 하고 발표를 한다. 그들 중에

몇몇 부류만 이름을 얻고 사람들의 주목을 받는다. 그러나 분명한 것은 명성이 높은 작가라고 해서 꼭 좋은 작품을 창작하지 않는다는 점이다.

우리 작가들이 알아야 할 것은 진정 좋은 작품은 주머니 속에 든 송곳(낭중지추:囊中之錐)과 같아서 언젠가는 반드시 읽는 사람이 있고 세상에 알려지게 된다는 명확한 사실이다. 그 대표적인 사례가 일본의 시바타 도요 (しばたとよ, Shibata Toyo)이다. 90세가 넘어서 시를 발표한 그는 100살이 넘도록 창작활동을 하면서 많은 사람들의 사랑을 받았다. 시바타 도요가 쓴 시들의 특징은 난해하지 않고 어렵지 않다는 점이다. 사람들은 쉽게 써서 평범하다는 착각을 하기 쉽지만 실제는 '어른이 어린 아이 눈으로 사물을 바라보는 것, 주변 사물과 눈높이를 같이 하는 것'으로 부단한 사색의 결정체이다. 이런 순수한 시각은 작가들이 가져야 하는 중요한 자질 중에 하나인데 채영순 작가의 작품 곳곳에서 발견할 수 있다.

샤흘 동안 소식이 없던 녀석/ 나타나 반갑다./ 어디 갔다 왔어?/ 알아들었는지 못 알아들었는지/ 계속 풀만 뜯고 있다./ 한국말이라 못 알아 듣겠니?　　　　　　　　　　　-〈고니〉 一部

한겨울인데 아직도/ 잎이 푸른 나무에/ 도토리가 다닥다닥/ 바람이 스치고 지날 때마다/ 후드득 후드득/ 질펀하게 깔리어/ 발바닥이 간지럽다.   -〈산책길에서(1)-도토리〉 一部

호숫가 언덕에/ 나란히 앉아있는/ 가마우지 가족/ 모두 머리를/하늘로 향하고 있다./ 별난 새도 있구나./ 어느 녀석은/ 날개를 쫙 펴고 폼을 재고 있다./ 옷을 알리는 중이냐?   -〈산책길에서(2)-가마우지〉 一部

쪼르르 나무에 올라/ 귀를 쫑긋하고/ 나를 내려다본다./ 어쩜 눈이 그리도 초롱초롱 하냐/ 질질 끌리는 다리지만/ 너희들을 보는 재미에/ 나도 신바람이 나 생기가 돈다./ 나도 너희처럼/ 이 넓은 공원을 달리고 싶구나.   -〈산책길에서(4)-청설모〉 一部

위의 글은 채영순 작가가 쓴 〈그리움〉에 나오는 '하늘을 쳐다봐도/ 흰 구름만 보아도/ 떠가는 비행기를 보면/ 어리는 네 모습/ 언젠가는 저 비행기 타고/ 내 딸이 오겠지'라고 이야기한 주인공을 만나러 간 미국에서 쓴 시이다. 배경은 풀라노 호숫가로 그곳에서 만났던 '고니' '도토리' '가마우지' '청설모'에게 다정한 눈길로 바라보는 모습을 표현하고 있다. 그런 순수한 표현을 하면서 '청설모'처럼 넓은 공원을 신나게 달리고 싶다는 간절한 소망은 퇴행성 질환으로 거동이 불편해진 이 시대 노모들의 아픔을 공감하게 만들고 있다.

'새가 부화중이니/ 죄송하지만 우편물을 현관 잎에 있는/ 바구니에 넣어 주시기 바랍니다.'

-〈밀화부리(1)〉一部

우편함 속 보송이들이 부화가 되었는지 궁금하여/ 어미가 없는 사이에 살짝 드려다 보았다/ 좁은 둥지 안에 곰실곰실 보드라운 솜이불 속에/ 폭 싸여있다 아직은 눈도 안 뜬 상태다/ 너무 귀엽다

-〈밀화부리(2)〉一部

'찌지지직'/ 어미 따라 어디론가 날아간다/ "자주 놀러 오너라."//혹시나 찾아올까 기다렸던/ 빈 둥지를/ 오늘에야 마음 놓고 청소를 했다

-〈밀화부리(3) 一部

조심스럽게 비닐 팩에 담아 우렁이도 친구하라고 담아 왔다. 대야에 물 가득 채워 넣어주니 좋다고 꼬리치고 다닌다. 풀잎도 넣어주며 좋은 환경 만들어 보지만 여기는 임시 처소다. 너를 어느 곳으로 보내줄까? 기왕 나왔으니 세상 구경 한번 해 볼래? 물고기 팔자, 물고 돌려놓기 나름이라는데 이제부터 넓은 세상에서 살아보아라. (중략) 여동생이 전화를 했다./ "무엇 하세요?" 비가 하도 많이 와 걱정이

된다고./ "지금 하늘에서 내려오신 미꾸라지 모셔놓고 감상 중이다."/ "아니 무슨 귀신 씨나락 까먹는 소리유. 언니 그놈 우리 별장 연못에 키워볼까?"/ "왜 몸 부풀려 추어탕 계획이라도 세우고 싶은 게냐?"/ "아 아니요."/ 서둘러 가평에 있는 동생 별장에 가는 도중에 올케가 또 안부전화다. 전후 얘기를 하니/ "이다음에 추어탕 먹으러 가야 되겠네요." 미꾸라지가 못 들었으면 좋겠다.

—〈앞 도랑에 미꾸라지〉 —部

위의 글을 보면 채영순 작가가 자연을 어떤 눈으로 바라보고 있는지 잘 보여주고 있다. 작가가 사는 집 우편함에 둥지를 튼 밀화부리를 보호하기 위해 현관 앞에 바구니를 놓는 정성과 솜털이 송송한 새끼들을 바라보는 마음은 아마 자기 자식을 바라보던 생명에 대한 경의와 맥을 같이 하고 있는 것 같다. 그리고 새들이 다 날아 간 뒤에도 다시 올까 기다리는 마음과 빈 둥지를 치우는 손길은 자식을 타향으로 떠난 보낸 뒤에 밀려오는 허전함을 공감하게 만드는 매력이 있다. 또 비가 많이 내린 뒤에 나타난 미꾸라지를 정성스럽게 비닐 팩에 담아서 동생 별장에다 풀어 놓는 정성은 생명에 대한 경건함을 직접 표현한 것으로 채영순 작가가 '생명을 소중히 여기는 생활관'을 갖고 있어서 앞으로 친환경적인 작품을 기대해도 좋겠다는 생각을 하게 만든다.

6.

우리 문학은 1960년대 이후 순수·참여문학 논쟁이 일어났다. 시작은 1964년 9월 일본에서 간행된 순한글 종합문예지 ≪한양(漢陽)≫에서 김우종이 월평(月評)의 성격으로 기고를 했는데 '한국문학이 현실의 난제(難題)들을 다루는 데 만족하지 말고, 그것들에 대해 정면으로 맞서야 함을 강조'하는 것이 주요 내용이었다. 이런 인용을 하는 것은 순수시각을 갖고 있는 채영순 작가도 '우리의 현실적인 문제에 분명한 자기 목소리'를 내고 있다는 것이다. 물론 이런 것은 서울에서 살다가 우리 철원으로 전원생활을 하면서 느낀 경험의 반영된 것이지만 나름대로의 메시지가 담겨 있어서 소개해 보고자 한다.

어느 날 갑자기 올림픽 잔치에 끼어들어 요란을 떨더니/ 협상카드를 드려 밀고 악수를 청했다/ 성급한 성질만큼이나 속전속결/ 종전, 비핵화/ 남북, 북미 정상들의 만남/ 세계의 이목을 집중시킨 거대한 물결/ 소용돌이 속에 휩쓸리어/ 정신이 없는 우리나라/ 바쁠수록 돌아가라 했는데/ 너무 서두르는 것 같아 조심스럽다/ 나 같은 늙은이 머리로는 헷갈려 판단이 안 된다.   ─⟨핵의 위협⟩ 一部

시계탑에서/ 은은히 들려오는 소리/ 나는 덧셈만 할 수 있지/ 뺄셈은 못합니다/ 이 민족이 하나 되는 그 시각까지/ 더하기만 하라 했으니

까요.
-〈노동 당사〉一部

우리 함께 만나는 그 날/ 배고픈 아들에게/ 윤기 자르르 흐르는 쌀밥
/ 고봉 떼기로 담아/ 배불리 먹게 하고/ 푸짐하게 떡도 빚어/ 풍악
울려/ 잔치 한번/ 크게 벌려 보자.

-〈비무장지대 철원평야〉 一部

6·25 당시 많은 억울한 영혼들의 한이 서린 곳. 높다란 언덕에 깊고
넓은 지하실, 속안을 들여다보니 으스스하니 음산하다. 어느 외국인
조종사는 배가 고파 이 물탱크에서 물 없이 미숫가루를 급히 먹다
기도가 막혀 죽었다는데 참 기막힌 이야기다.

-〈봄나들이〉 一部

얼마나 더 억울한 사람을 만들고 큰 권력을 거머 쥐어야 직성이 풀릴
지, 아직도 네 편 내 편 권력 욕구에 모두 눈이 멀었다.

-〈봄나들이〉一部

'메이드인 차이나'/ 미국에서 물건을 사보고 우리나라에서 사 봐도/
거의가 중국에서 만든 물건들이다./ 공해 따위는 거리가 먼 중국 사
람들의 상술,/ 세워진 공장 굴뚝이 높아질수록/ 우리의 숨통이 더 조
여진다.

-〈미세먼지〉一部

여든이 넘은 채영순 작가의 눈에 보이는 분단과 평화는 아슬아슬한 줄을 타는 느낌인 듯하다. 급히 먹는 밥이 체한다는 옛말을 생각나게 하는 것과 같은 근심스러운 눈으로 쓴 글이 '핵 위협'으로 보인다. 그런 이미지는 모두 분단의 고리로 연결되는데 한국전쟁의 시발점이었던 '노동당사' 선량한 민간인 피해자가 발생한 '저수조'에서 그 시대의 아픔을 통탄하면서 '권력에 눈먼 사람들을 질타'하고 있다. 그런 질타는 우리를 힘들게 하는 미세먼지에까지 연장되어 있어서 숙명으로 받아들이는 우리 젊은이들이 배워야할 점이 많다는 판단이다.

7.

채영순 작가가 작품집을 발간하는 문제로 상의를 했을 때 나는 출판을 권장했었다. 이유는 많지만 작품집은 한 사람의 삶을 정리하고 새로운 출발을 하는 기회가 된다는 믿음 때문이었다. 그 동안 지켜봤던 채영순 작가는 글에 대해서 치열한 노력과 열정을 갖고 있으면서 주변 사물을 따스한 눈으로 관조하는 성향으로 언제라도 좋은 글을 쓸 재목이라는 판단이다. 그런 결론을 내린 이유는 삶에 대해서 집착보다는 넉넉한 여유를 가지고 묵묵하게 풀어내는 다음과 같은 작품이 있기 때문이다.

할 말을 잃고/ 무심히 흘러가는 강물을 바라보며/ 나도 너희들처럼

어리석어/ 팔십 평생을 수도 없이 억울한 일을 당하고 살았단다/ 미
안하다   -⟨낚시⟩ 一部

돌아오는 차안에서 "윤우야 오늘 공부 많이 했네, 앞으로 네 직업이
남을 보살피는 일이니 교만하지 말고 따뜻한 손길로 베풀어라. 세상
살면서 잔꾀 부리지 않고 성실하게 살면 복은 스스로 온단다."
                                           -⟨고시레⟩ 一部

우리의 육체가 묻힐 경춘공원, 작년에 큰아들이 심혈을 기울여 마련
해준 곳이다.
자등리 노인회에서 일일관광으로 속초 가는 길가에 '경춘공원'이라
는 안내판에 눈길이 갔다. 화장문화가 보편화되어 있는 이 시대에 뒤
떨어진 엉뚱한 생각을 했다.   -⟨경춘공원⟩ 一部

소개된 글의 3편에는 우리가 살아가는 인생이 담겨 있다. 가
족들과 모여서 생전 처음 낚시를 했던 경험을 쓴 글의 끝 부분
에 '가짜 미끼를 덥석 물은 피라미'에게 미안함을 표시하면서
'나도 어리석은 일을 팔십 평생 겪은 것'을 이야기하는 것은 흐
르는 강물과 같은 세월에 대한 한탄과 자조로 들린다. 그러면
서 피라미의 모습을 자신의 삶으로 환치 시키는 것은 글의 완
숙도를 느끼게 한다. 그리고 두 번째의 글은 고시레 전설을 이

야기 하면서 의사를 지망하고 있는 손자에게 베푸는 것의 중요함을 가르치는 할머니의 모습은 인자함이 고스란히 배어 나오고 있다. 마지막으로 〈경춘공원〉은 채영순 삭가 부부가 고단한 삶을 마감할 자리에 대한 이야기를 담담하게 그려내고 있지만 슬픈 느낌보다는 경건한 이미지에 절로 고개가 숙여지고 있는 중이다.

이제 채영순 작가는 그 동안의 작품을 하나로 정리를 했다. 그렇다고 멈출 수 없는 것이 글에 대한 욕심일 것이다. 다시 처음 펜을 들어서 처음 글을 쓸 때의 마음으로 돌아가서 새로운 세계로 나아가기를 기대 한다. 이번 작품집보다 더 알차고 내면이 송글송글 담긴 글을 다시 볼 수 있기를 기대하면서 채영순 작가 부부의 건강과 건필을 빌며, 다시 한 번 작품집 발간을 축하드린다.

2019년 초하

백년 묵은 항아리